Aron Boks
Dieses Zimmer ist bereits besetzt

1. Auflage 2018

©opyright 2018 by Autor

Lektorat: Denise Bretz
Cover: D-ligo
Satz: Fred Uhde (www.buch-satz-illustration.de)

ISBN: 978-3957910813

Alle Rechte vorbehalten. Ein Nachdruck oder eine andere
Verwertung ist nur mit schriftlicher Genehmigung des Verlags gestattet.
Hat Dir das Buch gefallen? Schreib uns Deine Meinung unter:
info@unsichtbar-verlag.de
Mehr Infos jederzeit im Web unter www.unsichtbar-verlag.de

Unsichtbar Verlag | Diestelstr. 1 | 86420 Diedorf

Aron Boks

Dieses Zimmer ist bereits besetzt

Erzählung

Eins

Jedes verdammte Mal verpasste ich diese Bahn und es ging mir auf die Nerven, wie sie sich wand vor meinen Augen und einfach um die Ecke bog. Ein Ruckeln, ein Stöhnen und ich blieb zurück.

Es passierte jedes Mal, stehengelassen wie ein Prügelknabe, bei dem es sowieso normal ist, dass er sein Fett in der Pause wegbekommt und das dann einfach hinnimmt. Auf der Bank saß natürlich der Mann mit Hut und Zeitung, klar.

Der Morgen konnte also beginnen.

Meine Augen schmerzten von der Vorahnung der Zuganzeige. Der Minimarkt hatte noch nicht geöffnet. Ich knöpfte die Jacke zu und wieder kam mir trotz all der Menschen, die so unterschiedlich an mir vorbeiliefen, diese Frage: Wie kalt würde es da draußen werden?

Ich schaute in das Spiegelbild und sah erst nach einer Weile die Bewegung eines anderen Körpers davor.

Dann waren da Schultern, Schultern gegen Schultern, kein Zurücksehen.

Dazwischen duftete alles nach oben, nach draußen, wo es gegen diese Wand aus Gestank prallte.

Ich konnte zum Glück für einen Augenblick innehalten, die Bahn erreichte mich in den nächsten Minuten, und schneller zu laufen, um statt zehn nur noch fünf Minuten zu spät zu sein, wäre verschwendete Energie gewesen.

Morgens, sechs Uhr, am U-Bahnhof, im Leuchten des blinkenden Spiegels spielten sich Gerold, 21 Jahre alter »Gelegenheitskiffer«, wie er glaubte, und Mabihir, fünf Jahre jüngerer Haschhändler, der Gerolds »Gelegenheiten« schon jetzt gut im Griff hatte, die Bälle zu und eigentlich war ich im Dienst und hätte ein besonderes Auge auf ihren kleinen Austausch werfen müssen, dazu war ich aber viel zu müde und sowieso fehlte mir auch die Lust. Sollten sie doch!

Außerdem bereitete es mir schon ein wenig Freude, dabei zuzusehen, wie der dämliche Gerold immer wieder sein Geld in Mahibirs Gras investierte, der seine Ware mit den ausgefallensten Taktiken zu strecken wusste.

Bei der Visite der Einsatzgruppe hatte ich ihn gesehen, wie er hinter dem Gemüsestand beinahe direkt am U-Bahnhof, seinem Hauptrevier, Baumrinde abrieb, um den Mist als Streckmittel zu verwenden.

Gerold sollte sich wenigstens jetzt sicher fühlen – er würde morgen wiederkommen, nichts bemerken und damit nicht das geringste Problem haben.

In meinem Zimmer standen mit Sicherheit noch die zwei Brottüten, die ich vorgestern gekauft hatte. Ich kaufte immer montags nach der Arbeit ein. An einem Montag frühstückte ich aus Prinzip nicht, denn ich wollte den Sonntag loswerden – was auch immer ich mir damit irgendwann einmal in den Kopf gesetzt hatte, ich bekam es nicht mehr dort heraus.

Jedenfalls hatte ich an diesem Morgen nicht gefrühstückt, das Beunruhigende dabei war, dass es bereits Mittwoch war und diese Brottüten halb geöffnet auf meiner Küchenzeile standen wie wartende Gäste und ihr Inhalt hart wurde und damit, um genau zu sein, dieses ganze Montagskonstrukt unsinnig wurde, doch was sollte ich tun? Von Lisa zur Arbeit waren es nur dreißig Minuten und sie wohnte an einer Bushaltestelle. Von Lisa zu mir nach Hause fuhr der Nachtbus so, dass ich auf jeden Fall länger als zwanzig Minuten zwischen Bussen oder Bahnen warten musste, die Laufwege waren erkältend lang, und von mir bis zur Arbeit dauerte es fünfundvierzig Minuten, daher war das Heimfahren für zwei lächerliche Brotlaibe sinnlos und ich ließ es. Aber heute war Mittwoch und mich beunruhigte nicht nur das Brot, sondern auch, dass ich bisher immer noch nicht gefrühstückt hatte. Ich ging stets so früh aus dem Haus, sie schlief dann noch, aber sonntags arbeiteten wir beide nicht und frühstückten dennoch ebenso wenig. Sie schloss die Tür um elf Uhr hinter mir, um sie dann um einundzwanzig Uhr mit einem Glas Wein in der Hand zu öffnen, und dann verkrochen wir uns bei ihr. Dazwischen passierte nicht viel.

Wenn sie also die Tür um elf Uhr hinter mir schloss, ging ich auf langsamen Sonntagsstrecken zu mir, kam dort zur Mittagszeit an und räumte so lange auf, dass das Licht schon wieder verschwand. Ich schlief, wissend um den nächsten Tag, die kommende Nacht und die drohende Bahnscheiße, schlief endlich allein und ärgerte mich beim Aufwachen und wusste, dass Lisa noch schreiben würde und ihre Ideen dabei mit Wein begoss, so dass sie wachsen würden. Das dachte sie jedenfalls, ihren Geschichten merkte man es an, doch das sagte ich ihr nicht. Sie gab mir hin und wieder einen Wortfetzen und fremde Literatur zum Lesen, wenn ich bei ihr saß, meist musste sie aber alleine sein. Ich fuhr dann nicht zu mir, das wäre zu weit, nur um nach ihrer Schreiberei – meist gegen acht oder neun Uhr am Abend – wieder zu ihr zu fahren.

Es war also Mittwoch, da begann die Schicht um sechs Uhr, so wie jeden Tag, denn mein Chef hatte eine sadistische Ader und liebte es, unsere Besprechungen so früh wie möglich zu legen, da wir auf diese Weise am intuitivsten planen könnten. Ein Experiment sollte es sein, es war vor drei Wochen losgegangen und ging mir gehörig gegen den Strich, denn mit mir redete dort keiner, generell redete sowieso während der Sitzung kaum jemand, sondern jeder hörte dem Chef zu, wie er Aufgaben verteilte. Die wirklichen Hausbesuche und Einsätze bekam ich nicht. Ich war erst seit drei Wochen in diesem Kommissariat und bearbeitete eigentlich nur alle Formulare für Herrn Sehmig, seines Zeichens Morgenmensch.

Die Besprechung dauerte immer von sechs bis acht Uhr, dann wurden wir von diesem Wahnsinnigen für ein paar Stunden befreit, um »zu regenerieren«.

Ich wusste nicht, wo er seine Folterphantasien herhatte, aber er setzte sie mit einer Begeisterung und Wichtigkeit durch, als hätte er gerade ein neues Bildungsprojekt gestartet.

Um zehn Uhr dreißig begann die normale Schicht für alle, die im Büro arbeiteten. Wer Einsätze hatte, war flexibel. Ich nicht, ich hatte einen Stuhl, einen Schreibtisch mit einem Haufen fremder Formulare und den Status des Neuen, sollte mich erst einmal einarbeiten, wie Herr Sehmig es nannte. Seit drei Wochen. Mittagessen gegen zwölf Uhr, Schluss um siebzehn Uhr.

Der mit glühenden Kohlen gepflasterte Pfad zu meinem zukünftigen und hoch angestrebten Titel des Kommissars. Toll klang das in der Planung, in der Idee. Aufregend klang dieses plötzliche Maß an Struktur, das ich meinem Umfeld, allen voran meinen Eltern, vorlegte.

Das war ein springender Punkt, es klang richtig – was meine naive Anfangseuphorie wohlmöglich zusätzlich befeuerte.

Denn die ersten Jahre nach dem Abitur waren schnell verflogen, ausgefüllt mit Reisen, die alle irgendeine Selbstfindung zum Ziel hatten, entstanden im jugendlichen Rausch zwischen Hermann Hesse, Rilke und Bukowski und in Seitengassen internationaler Großstädte als Ideen und Rechnungen liegen geblieben.

Am Ende dann der revolutionäre Entschluss, endlich einen Karriereweg einzuschlagen, was meine Eltern nach der langen Zeit, in der ich mich mit Kurierdiensten und Trinkgeldersparnissen über Wasser gehalten hatte, lediglich mit einem lapidaren »Wird ja auch Zeit, wa?« kommentierten. Aber wenigstens gab es jetzt einen Plan, Vorfreude – etwas Reelles hatte ich ja auch noch nicht geschafft, lediglich einen ausgefüllten Bewerbungsantrag.

Die Resignation kam ebenso schnell wie die Einladung zum Aufnahmetest und der darauffolgenden

Beschreibung der »Einarbeitungsphase«. Mit diesem scheußlichen Wort hatte Herr Sehmig den ersten Stein unseres abwegigen Arbeitsverhältnisses gelegt.

Drei Wochen lang und alles begann mit diesem U-Bahnhof, und die drei Wochen machten sich bemerkbar als hinterlassene Spuren, klebend an diesem Schreibtisch.
Und alles endete auch mit diesem U-Bahnhof und ließ mich auch nicht fliehen, denn hörte und spürte ich den Luftzug der U-Bahn, dann war es wieder, als würde sie mich zu sich kehren, festhalten und herausspülen nach draußen.
Gerold rannte zur Bahn, ein paar Leute stiegen aus und ich fuhr meine vier Stationen. Drinnen erreichten Blicke die Tür und mich und vielleicht sah man mir an, dass ich weder zu Abend aß noch zur Morgenzeit irgendetwas frühstückte. Nicht bei mir zuhause, nicht bei Lisa.
Für ein Mädchen von knapp 21 Jahren, zuvor weitgereiste Journalismusstudentin, nun Gelegenheitsarbeiterin, hatte sie sehr antiquierte Vorstellungen von Inneneinrichtung, wie eine traumatisierte Weltkriegsgeflüchtete, die sich nur noch zweckmäßig und lebenserhaltend eingerichtet hat und sich außer ein paar wenigen individuellen Spuren nicht den geringsten Freiraum für Extravaganz gestattete.
Ihr Zimmer wies strikt strukturierte, ja, fast planwirtschaftliche Züge auf, deren einziger Sinn nur eine Sache war: sie selbst. Beziehungsweise ihre rote Silverette Schreibmaschine, an der ein Foto eines alten Mannes festgesteckt war, welches sie täglich anstarrte und dazu antrieb, noch verbissener auf die Tasten einzuhämmern, um endlich das Skript fertig zuschreiben,

über das sie nur mit diesem Foto sprach. Denn die Person darauf würde nie etwas dazu sagen oder hinterfragen, was aus dem groß angekündigten Projekt denn geworden war.

Lisa isst nichts, wenn sie getrunken hat, das bekäme ihr nicht und verwische den Weingeschmack, behauptet sie.

Aha, sage ich dann und verschweige jedes weitere Wort, ziehe sie lieber zu mir heran und wir beginnen unser Spiel.

Schnell, wirklich schnell, und je nachdem, wie lange wir es halten können, rauchen wir danach oder trinken ihr Glas leer, und ein oder zwei Worte später dann Dunkelheit, Ruhe.

Und morgens schläft sie aus.

Ich nicht, ich fuhr zum U-Bahnhof.

Seit einigen Tagen kam mir vor dem Verlassen ihrer Wohnung diese merkwürdige Panik.

Panik, die keinesfalls den Zuständen ihrer Wohnsituation zuzuschreiben war. Die waren eher entschleunigend, wenn auch zehrend, mit all dem Rauch, dem Staub und Qualmgeruch. Aber die Bücher waren dicht gestapelt. Keine Freiräume. Dicke Teppiche auf den Böden in den zwei Zimmern und Kissen im Bett, auf dem Schreibtisch viel Papier, viele Zigaretten, dazwischen Tassen, Gläser und Flaschen. Gemütlichkeit lag dennoch darin.

Es war also nicht die Wohnung, auf keinen Fall. Vielmehr war es das Bewusstsein, herausgehen und in dieser Kälte stehen zu müssen.

Manchmal kam der Bus zur U-Bahn nicht, der Bäcker öffnete stets um sechs Uhr, dann musste ich an der Bahn stehen, dann kam der Bus nicht und Alternativen gab es auch keine mehr, wieder hineinzugehen wäre sinnlos gewesen, da sie noch schlief.

Allein. Horror.

Keine Ahnung, warum diese Kälte mich in der letzten Zeit so störte, natürlich war es Herbst, logischerweise brachten die voranschreitenden Tage so etwas nun einmal mit sich, doch kälter als letztes Jahr war es gar nicht draußen. Vielleicht war es auch nur diese Ecke der Straße, diese Ecke der Stadt unter Lisas Balkon.

Das hatte ich schon am ersten Morgen gespürt, nachdem sie in ihre neue Wohnung gezogen war und nun weiter entfernt von mir lebte.

Zunächst nur ganz leicht, dann am nächsten Morgen stärker und jetzt schon konstant. Wie ein ekliges, sich ausbreitendes Geschwür oder eine Wunde, die irgendwann nur noch ätzend war.

Die Morgen in meiner Wohnung erlebte ich unter der Woche kaum noch, weil Lisa nun nicht mehr zu Fuß zu erreichen war und mir zu verstehen gab, an den Abenden ihre Arbeitsstunden nirgendwo anders verbringen zu können. Ihr Schreibtisch, ihre Kladden, das läge da, und abends, da arbeitete sie nun mal, und ich arbeite nun mal morgens bis zum frühen Abend, denn Herr Sehmigs Schreibtisch war reichlich gefüllt.

Ich konnte von überall aufs Revier, zur Post, zum Kommissariat oder zur Einsatzstelle fahren, die es für mich nicht gab, da ich fortwährend eingearbeitet wurde, also doch nur aufs Kommissariat, mit dem Bus um fünf Uhr achtundvierzig zur U-Bahn, dann mit der U-Bahn um fünf Uhr zweiundfünfzig, die meist verpasst wurde. Um zehn nach sechs Uhr auf dem Kommissariat, wo die anderen saßen und warteten, dass Herr Sehmig um sechs Uhr fünfzehn begann, nur um in seiner pseudogestressten Attitüde sagen zu können: »Besser verspätet als gar nicht anfangen, was?«

Ich glaube, dass meine wirkliche Aversion gegen Herrn Sehmig daher rührte, dass ich mir wieder einmal viel zu viele Überlegungen über mögliche Hintergründe und Gedankenverstrickungen meiner Mitmenschen zurechtlegen wollte, um zu erklären, warum bestimmte Signale in meinem Körper mich animierten, eben jene Personen zu meiden, denn trotz allen Verdrusses verstand ich mich als ein im tiefsten Inneren durchaus optimistischen und lebensbejahenden Menschen. Bei ihm konnte ich mich nicht davon abbringen, mir vorzustellen, wie sehr er sich diesen momentanen Trend zum zwanghaften Ausprobieren alternativer Arbeitsmethoden und die damit verbundene, gespielte Pseudooffenheit jeden Morgen in sein Gesicht schmierte.

Manche, die dieses Spiel noch nicht ganz begriffen hatten, kamen wirklich um sechs Uhr, aber auf Herrn Sehmig und seine Marotten war Verlass, und so nutzte ich diese wenigen geschenkten Minuten, um vor dem Schließen der Tür noch einmal die Decke neben Lisa zu falten und mein Kissen zurechtzurücken. Sie sollte nicht mit einem Einsiedler konfrontiert werden, denn ich hatte schließlich auch etwas zu tun, die Arbeitszeit war zumindest ein Ziel, wie bei ihr die Seiten. Vollgeschrieben, Worte, die sie mit Rotwein aus sich herausspülte.

Aber da der Bus fuhr, wie er es nun einmal wollte, weil es ihm herzlich egal war, wie die U-Bahnen fuhren, verpasste ich auch heute die Bahn. Wieder einmal.

Wie fast jeden verdammten Morgen und vielleicht war das der Grund dafür, dass keine Panik aufstieg, denn hier war es wenigstens warm. Und belebt war es auch, wie immer um diese Uhrzeit. Ich sah, wie Gerold rannte, und auch ich rannte, vergebens natürlich, um dann meine vier Stationen zu fahren, wie üblich verspätet.

Minutenlang starrte ich auf die Bildschirme in der U-Bahn, auf denen die Ankündigungen von Büchern, Filmen und irgendwelche anderen fettgedruckten Themen vorbeizogen. Spürte wieder die altbekannte Panik aufsteigen, weil mit jedem Bild mehr Zeit verging, ich also bald aus diesem warmen Gefährt aussteigen und die noch zusätzlich zur Ankunftszeit zu addierenden zehn Minuten ins Kommissariat laufen musste, um dann die Blicke der anderen zu sehen. Und dann Herrn Sehmig, der nichts sagte, und das war das Schlimme.

Vor zwei Wochen schon hatte ich überlegt, wie ich Herrn Sehmig erklären sollte, warum ich zu spät erscheinen würde. Sehmig war mit Sicherheit kein Choleriker, ferner noch ein gemeiner, fieser oder gar böser Mensch. Nein, er war ein Mensch, der diesen Ausdruck des Undefinierbaren, Unklaren in seinen Augen hatte, wenn er mich ansah. Wenn er mir die nächsten Aufgaben auf den Schreibtisch packte und zusah, wie ich sie ordnete, wenn er hochschaute bei meinem verspäteten Eintreffen durch die dünne Tür des Kommissariats, um das dann zwar nicht zu kommentieren, aber jedes Mal ein langgezogenes »Aaaalso« an den Satz anzuhängen, den er gerade vor versammelter Mannschaft vollendet hatte, jedes Mal.

Dabei war völlig egal, was er zuvor gesagt hatte – ein »Aaaalso« und dann begann mein Morgen auf meinem rechten, hinteren Platz im Konferenzraum, dem einzigen Stuhl, der zwischengeschoben auf der rechten Seite freistand, fast an der Wand, eigentlich außerhalb.

Und diese Abfolge, das immer Gleiche, das keiner stoppte, weil es allen anderen scheinbar egal war, bis irgendwann einmal der ganz große Knall kommen würde, das war die Panik.

Ich hatte keine Angst vor ihm, keineswegs, aber er saß am längeren Hebel, und der Druck, den solche Menschen ausführen können, zeigte mir immer wieder, wie verdammt armselig das alles war.

Seit ein paar Tagen war die Kälte, die außerhalb der Bahn und der beheizten U-Bahnhöfe wartete, also das Einzige, woran ich dachte.

Wenn sie sich eklig gegen mich presste und man nichts dagegen tun konnte. Bei Lisa hatte ich keine Sachen, also trug ich immer diese Ledertasche mit mir herum, die auch als Dienstaccessoire durchgehen konnte.

Eine Zeit lang nahm ich morgens sogar ein größeres Exemplar mit. Die darauffolgenden Blicke und die Umständlichkeit, diese reisegepäckgroße Tasche durch den Konferenzraum zu bugsieren, verstärkte die unangenehme Situation des Zuspätkommens jedoch derartig, dass ich es wieder bleiben ließ. Lisas erster Blick war seitdem auch nicht mehr so arg skeptisch, wenn sie mir nach der Arbeit die Tür öffnete. Unbekümmert wohl eher. Die Tasche beulte sich aber etwas, wenn ich sie auf der linken Schulter aus ihrer Wohnung, zur Bahn und zur Arbeit mit mir trug, und sie scheuerte an meinen Beinen, wenn ich sie auf der linken Seite geschultert trug, in der Kälte besonders.

Jedenfalls waren in der Tasche zur Sicherheit drei weitere Pullover, die über ein langärmeliges Hemd oder T-Shirt gezogen werden konnten, ein wollig-gemütlicher, ein robuster, aber nicht arg dicker, und schließlich ein schwerer, der die Beule noch mehr zur Geltung brachte – je nach Kältegrad eben. Unterschiedliche Modelle, zu unterschiedlichen Anlässen, nicht jeder musste mich fragen, ob ich denn friere. Die Umständlichkeit war eben das notwendige Übel. Tatsächlich versuchte ich bereits, mir selbst ein wenig Ballast abzunehmen, indem ich über ein paar Tage verteilt hin und wieder zunächst einen, dann zwei und schließlich mehrere Pullover aus meinem heimischen Kleiderschrank, vor dem ich ohnehin so gut wie nie länger als ein paar Augenblicke stand, bei ihr deponierte. Dieser Plan wurde sehr bald durchkreuzt, denn schon nach drei oder vier Morgen fand ich eine lieblos zerknitterte Tüte mit zusammengeknüllten Kleidungsstücken vor ihrer Wohnungstür. Meine Pullover zusammengeworfen – eine klare Aussage.

Demnach musste anders geplant werden, den Drang zum Strategischen entwickelte ich mit dem Beginn der kühlen Tage.

Dieses elende Kältegefühl, seit Tagen derselbe Mist.

Das einzig Gute daran waren Sehnsucht und verstärkte Fantasie, die durch den Mangel an Wohlbefinden hervorgerufen worden sein musste und die alles Angenehme, was in anderen Dingen zu sehen war, verstärkte. Diese Sehnsucht, dieses »Das könnte ich auch haben«. Biologisch, psychologisch wahrscheinlich nicht fundiert, aber für mich durchaus plausibel, denn jedes Mal, wenn ich in die U-Bahn einstieg, noch über ein Attest, eine billige Entschuldigung oder sonst einen Fluchtweg nachdachte, versetzte ich mich kraft meiner Fantasie in die Rolle des jungen Musikers neben mir. Der kam immer irgendwann zwischen Fünf Uhr Neunundfünfzig und Sechs Uhr Eins und baute seine Gitarre und seinen Koffer für die Münzen auf, aß schon um diese Zeit seine zwei Brote und spielte dann. Die Zeit wusste ich daher so genau, da es beim ersten Mal mein allererster Tag auf dieser Strecke gewesen war und ich gerade Mabihir und Gerold beobachtete, Stift und Zettel schon gezückt hatte, mich dann aber so derartig albern fühlte, dass ich es wieder sein ließ.

Fast hätte ich die U-Bahn schon am ersten Tag verpasst, denn als ich von Mabihir und Gerold abgelassen hatte, beobachtete ich IHN.

»Leaving your House, in warm city days, when breaking the clouds with no doubts or delays.«

Damit begann er den Morgen.

Ein lebensbejahendes, poppiges Stück, in meiner Skepsis am Anfang etwas zynisch betrachtet, zugegeben. Das wurde erstmal nicht gebraucht, wenn die Gedanken einzig und allein im morgendlichen Individualproblempapierkram steckten.

Da war ein rebellierender Magen, der zu dieser Uhrzeit nicht gefüllt werden sollte, weil mich so ein überhastetes Reinstopfen in aller Eile anekelte. Da war Kälte, da war eine Schicht, die vier Stunden vor der wirklichen Schicht begann. Und wenn dann irgendein Typ von Themen wie Selbstfindung, Glück und Einklang sang, dann boten sich nicht nur eine Handvoll Anhaltspunkte für zynisches Gedankengut, nein, der missmutig geschundene Geist wurde übersät!

Humor war ja auch eine Flucht in solchen Situationen, der Ausgelachte stand damit im Mittelpunkt und nicht das eigene Leben.

Ich hörte ihn wieder: »Hang on pal, go the other street, there is a corner, and a wooden garden greening through a special special seed.«

Diese zwei Zeilen blieben bei mir hängen, keine Ahnung, warum, es war eben so.

»Aaaalso, was ich eigentlich sagen wollte:

Gute Arbeit, Jonas, den Bericht hast du so sauber korrigiert, dass man fast Hausschuhe auf ihm tragen müsste, haha.«

Herr Sehmig war nicht dumm oder eingeschränkt in seiner Sicht auf Dinge, jedoch absolut kein kreativer Mensch.

Seine Wortklaubereien waren meist eher einfach gestrickt und das nervte mich. Vor allem aber nervte mich, dass ich, während ich nun vor Herrn Sehmig stand und auf meine Anweisungen wartete, über mich ergehen lassen musste, wie Jonas an seinem Salamibrot kaute und was der Geruch nach fettem Fleisch und Pökelsalz in meinem leeren Magen verursachte.

Jonas war eine dieser Personen in der Konferenz, die mich wachhielten, weil irgendetwas in mir darauf wartete, dass er etwas veranstaltete, was diese blinde Wut auf ihn nur bestätigen würde.

»Und die Zeichensetzung, tadellos.«

Herr Sehmig tänzelte jetzt herum und sprach immer noch über diese simple Korrektur des schmatzenden Jonas. Es hätte nur noch gefehlt, dass er seinen Kopf in beide Hände nahm und ihn tätschelte wie einen Hund.

Stattdessen füllte er noch beim Begutachten des entzückten Gesichts von Jonas seine Tasse nach und lächelte. Das Ganze würde nur noch ein paar Minuten dauern, dann wäre ich endlich allein an meinem Schreibtisch.

Die Anderen machten es mir aber auch nicht einfach: Da war Torben, der am ersten Tag scherzend sagte, er könne die »Verbrecherjagd« nicht erwarten, der war schon mal gleich raus. Miriam backte ständig irgendetwas, aber immer ohne Zucker, worauf sie mindestens dreimal hinwies, wenn man auch nur drüber nachdachte, etwas davon zu probieren. Sie selber aß nichts davon.

Und die anderen bildeten trotz ihres Alters diese Gruppen, in denen sie in geordneter Reihenfolge saßen, diskutierten und dadurch wenigstens den Anschein machten, dem ganzen Kränzchen beizuwohnen.

Man selber war aber erst einmal der Volldepp, der alles hinterfragen oder sich selbst erklären musste.

Außerdem waren jetzt schon drei Wochen vergangen, da wären diese Fragen nach den Eigenschaften der anderen ebenso seltsam wie entlarvend und darauf konnte keiner Lust haben.

»Wie gesagt, toll gemacht, Jonas.«

Und Jonas, ja, Jonas. Noch kauend spuckte er Herrn Sehmig ein

»Danke«, entgegen. Mir wurde schlecht.

Herr Sehmig tänzelte vom Tisch fort und schwang seine Kaffeetasse.

»Und ich weiß, es ist Mittwoch, und das heißt, der Berg ist erreicht und ich bin auch manchmal eher der ›lieber Feste feiern, als feste arbeiten‹-Typ, aber jetzt muss etwas getan werden! Los geht's, wir sehen uns dann zur 10-Uhr-Schicht.«

Schluck, Tasse drei und weg war er, und ich wusste, was nun kommen würde. Dieses Mal schloss er sogar überdeutlich seinen Hosenstall vor mir und richtete rasch mit einer Hand seine Unterhose.

Es wurde schon zur Routine für ihn, eine Selbstverständlichkeit, dass er seine ungewaschenen Urinfinger auf meinen Schreibtisch packte, alles war hier Routine, darauf fuhren die Leute anscheinend ab.

Ich glaubte zu spüren, dass sie mich nicht wirklich leiden konnten. Wobei das schon eine Stufe zu hoch angesiedelt gewesen wäre, bezogen auf meine Bedeutung in diesem Gebäude, denn dafür war meine Präsenz zu gering; ich arbeitete still, fast schon unsichtbar, und legte es kein bisschen drauf an, daran etwas zu ändern. Das konnte ich ihnen nicht verübeln, wollte es auch nicht.

Wahrscheinlich beschäftigte sich keiner in seinen Gedanken zwischen Morgenkaffee, diesem seltsamen Schichtsystem und der daheim wartenden Gemütlichkeit mit einem in sich gekehrten, zurückgezogenen Schreibtischfüller wie mir.

Drei Wochen von drei Monaten, ich hatte keine Ahnung, wie das weitergehen sollte.

»Okay, Markus, dann bis um 10 Uhr, so wie immer, ne?«

Das war das Problem.

Einen Tisch weiter saß Winzent, der Einzige, mit dem ich etwas zu tun hatte, vielleicht weil wir durch die individuelle Raumgestaltung von Herrn Sehmig, die als besonders »gruppenfördernd« gelten sollte, so eng nebeneinandersitzen mussten, dass wir beinahe jeden Atemzug des anderen hören konnten.

Winzent war ein spezieller Charakter, wenngleich ich seine Anwesenheit als angenehm empfand, trotz seiner eigenartigen Erscheinung. Er bewegte sich seltsam, schaute stets hektisch und nervös drein, beobachtete man ihn bei seiner Arbeit, und doch war er es, der mir, bis ich es ihm aus Aversion gegen irgendeinen Anflug von heimischer Atmosphäre am Arbeitsplatz ausredete, stets ungefragt ein frisches Brötchen auf den Schreibtisch legte. Beinahe jeden Morgen – ohne einem dankenden Blick nachzueifern oder eine Unterhaltung anzuleiern. Schon in den ersten Begegnungen spürte ich, dass er sich im Gegensatz zu den anderen überwand, sich für mich zu interessieren, jedenfalls die Anstrengung zu unternehmen, Interesse an etwas anderem als seinen eigenen Bedürfnissen zuzulassen, und das war nicht selbstverständlich. Ich war das beste Gegenbeispiel und ich machte es ihm nicht leicht, obwohl ich zu spüren glaubte, dass seine Anwesenheit mir guttat. Doch ich machte es ihm eben nicht einfach, als müsste sich irgendetwas in mir gegen zu viel Nähe in dieser Einrichtung sträuben.

»Gehst du nach der Arbeit noch auf'n kleines Bierchen mit rüber ums Eck?«

»Nee, bin noch verabredet.«

Routine war in vielem zu dieser Zeit.

Zwei

Sie lag einfach so da, während ich mir noch die Augen rieb, einen Wecker stellte ich mir zwar, benötigte ihn jedoch seit zwei Wochen schon nicht mehr.

Ich konnte mir das nur damit erklären, dass wir abends vor dem Schlafen nichts mehr aßen. Sie trank ja immer nur nach dem Ende ihrer Arbeit, wenn ich kam, wenn ich eintreten durfte.

Mir sollte es recht sein, nur trieb mich dieses Ziehen im Bauch eben aus dem Bett. Sie schlief, ruhig und mit der Hand an der Brust, die vortäuschte, die Decke zu halten, halb geöffnet.

Ich betrachtete sie, bevor ich den ersten Fuß aus dem Bett heraus auf den kalten Boden setzte.

Ich hob die gefaltete Hose neben dem Bett auf, hielt die Gürtelschnalle fest – kein Lärm, keine Erklärungen.

In der kleinen gefliesten Küche war es möglich, die Tür einen Spalt weit offenzulassen und dennoch Wasser mit dem kleinen Kocher zu erhitzen, ohne sie durch den rauschenden Lärm aufzuwecken. Kaffeepulver stand daneben bereit.

Auf der kleinen Theke standen Tassen und Löffel umgedreht platziert und ich vermischte das heiße

Wasser mit den zwei Löffeln Pulver, die ich vor dem Fertigstellen einer Zigarette aufhäufte.

In dieser Reihenfolge. Dann blieben fünf Minuten. Diese fünf Minuten waren mein Morgen bei ihr und draußen war nicht einmal ein Anschein von Licht zu sehen.

Der erste Schluck war der kleine Kick, auf den ich wartete, den ich herbeisehnte, wenn sie abends schon schlief. Allein der Gedanke daran. Diese Ruhe. Keine Worte, kein Lärm. Nacht, schon fast Morgen, ein paar Stunden vor ihrem Morgen jedenfalls. Alles lag bereit und über das Riechen des Rauchs, über die Fasern der Tapete, die sanft meinen Rücken berührten, und über die Wärme der Tasse, die Dampf in die winzig kleine Küche blies, konnte ich mich selber spüren.

Der Rest des Kaffeesatzes am Boden der Tasse war das Zeichen zum Aufbruch. Kein Spülen, keine Geräusche, kein Aufwecken trieb mich nach draußen.

Die Tür schloss sich leise und im Treppenhaus hörten sich meine Schritte so laut an, als hätte jemand mit einem Stock einzeln auf jede Treppenstufe geschlagen.

Die Nachbarn schliefen, die Türen ließen den Lärm nicht hindurch.

Donnerstag begann die Schicht nicht wie gewohnt um zehn, das wäre kontraproduktiv für die Reise in die morgendliche Ekstase, dieses Experiment von Herrn Sehmig.

»Die Verwandlung des Konzentrationsprozesses braucht auch einen Ruhetag. Einen Moment des Innehaltens, um den krassen Kontrast zwischen eurem vorherigen Rhythmus und dem Ziel zu sehen. Ihr müsst euch spüren.«

Dann trank er hektisch seinen Kaffee und selbst wenn er mal wieder herumtänzelte, entfernte er sich nie weiter als eine rettende Armlänge von der bauchigen Kaffeekanne der Maschine.

Die lief sowieso durch, ein abgesicherter Prozess, manifestiert durch einen Zettel in wasserdichter Folie, der auf der Maschine klebte: »Für stetigen Durchlauf sorgen!«

Dass er zwischen seinen mit wilder Gestik unterstrichenen Morgenpredigten immer wieder zitternd seine Hand zur Seite streckte und Kaffee nachgoss, erklärte zumindest seine schnelle Sprechweise zum Ende der »Gemeinschaftsrunde«, wie er die Dienstplanverteilung gerne nannte.

Keine Fragen, keine Diskussion, zehn Minuten im Schnelldurchlauf, dann grinste er meist für zwei Sekunden, wirklich nur zwei Sekunden, um keinem das Gefühl zu vermitteln, dass es jetzt notwendig wäre, etwas zu sagen. Es folgte ein »Na dann mal los, frohes Schaffen, der Tag ist jung und frisch«, gefolgt vom Gang zur Toilette, aus der niemals die
Geräusche von Wasser und Seife zu hören waren.

Donnerstag war immer der Tag, an dem ich in das türkische Café am Ende der Straße ging, welches sich dadurch auszeichnete, dass es direkt auf der Hälfte der Busstrecke und der U-Bahnstation lag, also bedeutete ein Besuch keinen besonderen Aufwand, im Gegenteil, er konnte eigentlich sogar als sinnvolle Zwischenstation durchgehen.

Allmählich sahen die Straßen mehr nach Morgen aus, die Menschen schienen aus meiner Perspektive wie in einer Choreografie aus den Wohnhäusern zu laufen, sie spuckten, fluchten oder vergruben ihre Hände in den Hosentaschen oder schauten auf den Boden. Schauten irgendwohin und hatten ihre Gedanken im Gepäck.

Ein besonderes Angebot dieses kleinen, etwas zu grell beleuchteten türkischen Bäckers mit Bedienung waren die Zeitungen, die an den Fenstertischen auslagen und umsonst gelesen werden durften. Ich sehnte mich danach, einmal wieder etwas anderes zu lesen als irgendwelche Gutachten, Bestätigungen und Rechnungen, doch der Blick auf die aufgeschlagenen Blätter und ihre dicken Überschriften tagesaktueller Themen wurde plötzlich abgelenkt und landete auf dem Gesicht der Verkäuferin: eine schöne Frau mit tiefdunklen Haaren, gelockt und glänzend. Sie lächelte mich an, ich konnte also nicht so seltsam aussehen, wie ich so dick eingepackt und ohne sie zu grüßen, geschweige denn etwas zu bestellen, um sechs Uhr morgens in diesem kleinen Café herumstand. Wenn fremde Menschen einen besorgt anschauen, dann gibt es wirklich allen Grund zur Sorge, hier hielt sich das Ganze noch im Rahmen.

Verantwortlich für alles konnte man sich grundsätzlich auch nicht machen, sonst fraßen einen die Leute.
Aber egal, hinter mir erschien jetzt der erste andere Besucher, und ich spürte meinen Magen – es war noch so früh und doch gab er sein Anliegen sehr deutlich zu erkennen, was mich ärgerte.
Mein Blick wanderte erneut über das immer noch grinsende, fast schon inflationär dauerlächelnde Ge-

sicht der Verkäuferin und dann wieder zurück zu den Zeitungen.

Ein paar Fetzen aus Lisas abendlichen Schreibereien, die sie mir in der Regel nicht gerne zu lesen gab, das war meine einzige private Lektüre der letzten Wochen gewesen. Jedenfalls murmelte sie etwas von »unfertig« und »Eigentlich versteht man das erst, wenn man das große Ganze sieht«.

An dem großen Ganzen arbeitete sie jedoch nun schon ziemlich lange. Schon als sie noch in meiner Straße gewohnt hatte, als wir uns kennengelernt hatten und zu mir heraufgegangen waren, wo wir zu Abend aßen und danach Wein tranken und am Morgen bei aufgebackenen Brötchen Kaffee kochten, verschwand sie gegen Mittag, um zu arbeiten.

Das waren andere Zeiten gewesen. Heute frühstückten wir nicht einmal mehr.

Drei

Bei dem Gedanken daran, die halbe Stunde mit dem Bus zu meiner Wohnung zu fahren, überkam mich Stress, da ich an die aushärtenden Brote, den Staub und den schimmelnden Kaffee dachte, der morgen auch noch warten würde, wenn ich nicht erst wieder um zehn Uhr auf der Wache sein musste, also besuchte ich Winzent.

Er rechnete nicht mit meinem Kommen, war aber zu dieser Zeit so gut wie immer zuhause, das war angenehm. Sobald ich vor der Tür stand, erschien in seinem Gesicht ein Lächeln, Freude über mein Kommen, in seinen Augen schimmerte jedoch dieser schwer zu beschreibende Ausdruck des Verwirrten, Orientierungslosen.

Hastig trat er zur Seite, gewährte mir Einlass und ich sah Knäuel aus Wäsche, Papier und anderem Kram, welcher den Boden im Verlauf des Tages nun einmal erreichte und welcher Mühe bereiten würde, wieder aufgelesen zu werden. Dazu lag auf jedem dieser Stapel ein eigener Notizzettel, der Punkte wie »Wäsche«, »Abzuarbeiten« oder »DONNERSTAG« beinhaltete. Heute war Donnerstag.

Bei jeder Sekunde, die ich länger auf die Stapel schaute, wurde das Spiel seiner Augen hektischer und er versuchte eilig, mich in seine Küche zu dirigieren.

Winzent bewohnte eine Einzimmerwohnung, ungefähr 15 Gehminuten von Lisa entfernt, ein paar Ecken galt es zu durchqueren, jedoch alles in allem ein einfacher, schöner Weg, und vor dem Haus gab es einen Bäcker mit Bänken vor der Tür, eine Sandfläche und zwei unbeklebte Mülleimer. Daneben eine alte Holztür, durch die man über einen großen quadratischen Innenhof, eingekesselt durch balkonbesetzte Häuserblocks, eine zweite Holztür erreichte, an dessen Klingelkasten mit Klebeband ins unterste Eck Winzents Nachname geklebt worden war.

Drückte man die Klingel, waren nach einer kurzen Wartezeit immer erst zwei aufeinanderfolgende Räuspertöne zu hören, dann ein überartikuliertes »Hallo?«. Man sagte seinen Namen und egal, wie oft man dieses Prozedere auch schon gehört hatte, es wurde einem detailliert der doch eher unkomplizierte Weg in die Wohnung im vierten Stock erklärt.

Dort war nach einem erneuten Klingeln, diesmal an der Wohnungstür, ein hektisches »Moment, Moment, gleich« zu hören, dann laute, fast stampfende Schritte, ein Türöffnen und dann dieser Gesichtsausdruck.

Ein hagerer, blonder junger Mann, der sich mir am ersten Tag im Gegensatz zu den zahlreichen anderen Anwärtern dadurch einprägte, dass er fortlaufend sein Gesicht betastete und mit den Händen über seine hohen Wangenknochen unter den blauen Augen streifte. Wärme hatte er trotzdem in seiner Erscheinung, eine unbeholfene, unbedrohliche Atmosphäre umgab ihn, zugleich Nervosität, das Ganze konnte man im weitesten Sinne als positive Energie bezeichnen.

Deswegen besuchte ich ihn gern und war froh, dass er es war, der während der Konferenzen, während der normalen Arbeit, während dieser ganzen, verdammt langen Schreibtischzeit so dicht neben mir sitzen musste, dass ich seinen Atem hören konnte.

»Hallo!«

Und doch sah alles an ihm irgendwie unfertig aus, das Etikett seiner Unterhose schaute aus der engen, hochgezogenen Hose heraus und einige Knöpfe seines Hemdes steckten in den falschen Knopflöchern. Auch so war immer irgendetwas unstimmig an ihm, so hatte er beispielsweise die Angewohnheit, einem ungefragt ausführlich zu berichten, womit er sich die letzten Tage beschäftigt hatte, offenbar um seine Stapel aus Planungshäufchen zu legitimieren.

In einem kleinen Bereich vor der Küche lagen mehrere Stapel Bücher, die nach irgendeinem System zusammengestellt worden waren, und ich erinnerte mich daran, vor ein paar Tagen, um genau zu sein, vor einer Woche – wir sahen uns selten an anderen Tagen als am Donnerstag –, eins dieser Bücher herausgeholt zu haben, und ich ging zu seiner kleinen Bibliothek herüber und machte mich auf die Suche nach diesem.

Neben Winzents Bett standen mehrere Kaffeetassen, daneben Skizzen und diverse Schnipsel, und an der rechten Bettkante war ein Wasserkocher angeschlossen, neben dem auch mehrere Tüten Instant Kaffeepulver lagen.

Er bot mir einen Kaffee an, und ich spürte dieses Ziehen in meinem Magen wieder deutlicher und nickte.

Das Wasser kochte und Winzent starrte auf die dreckigen Tassen neben seinem Bett. Das Gerät wurde immer lauter, gefolgt vom einsetzenden Dampf, und die fortwährend dringlicher klingenden Geräusche verstärkten die Panik in seinen Augen. Gleich würde er irgendetwas tun müssen.

Mit Druck konnte er nicht gut umgehen, also zögerte er noch eine Zeit lang, aber dann sprang er doch auf, ergriff zwei verdreckte Tassen und rannte los in Richtung Küche.

Kurze Zeit später kehrte er mit sauberen Tassen zurück sowie etwas Milch, aber nicht im Karton, nein, in einer kleinen Karaffe.

»So, wenn schon Kaffee, dann aber auch schön gemütlich, was?«

Der Kaffee schmeckte sogar ganz passabel, obwohl er bloß aus einem Tütchen kam.

Als wir, ohne großartig miteinander zu reden, etwa die Hälfte davon getrunken hatten, fing Winzent an, seine Strickjacke abzutasten. Erleichterung erhellte sein Gesicht, als er schließlich fand, was er gesucht hatte: Tabak, Zigarettenfilter und Drehblättchen.

Ich nickte anerkennend, drehte uns zwei und wir rauchten.

Verzückt und mit einem überlaut ausgehauchten »Ahhhh« vorweg, musterte er mich dabei erwartungsvoll und sagte langsam: »Ist das nicht schön? So etwas Schönes am Morgen, leckerer Kaffee und Zigarette, herrlich.«

Ja, schön war das.

Dann zupfte er an seinem T-Shirt herum und fragte ruhig und wie einstudiert: »Sag mal, hast du schon gefrühstückt?«

»Also, …«

»Na ja, ich hab jetzt auch nicht so krassen Hunger, aber wenn du jetzt was … Ich meine, ich könnt ja was machen, das wäre ja schön, aber krassen Hunger habe ich wie gesagt nicht. So'n bisschen nur.«

»Ja«, antwortete ich nur und erlöste ihn mit einem raschen Lächeln. Das schien ihn zu erleichtern und er eilte in die Küche, und als nächstes erklang ein orchesterähnliches Zusammenspiel von Blechen und Töpfen, kurz darauf fiel offenbar ein Glas zu Boden, es folgte jedoch Entwarnung: »Haha, alles gut, daaas wird schön, ich mach was Schönes, dauert nur'n kleines bisschen, aber ich bin gleich fertig, mach dir keine Sorgen, das wird schön.«

Ich wartete einfach und sah mich im Zimmer um.

Dieses Zimmer hatte ein System, strahlte aber trotzdem Unpersönlichkeit aus, weil es zu viele unstimmige Nuancen miteinander vermischte.

Da lagen einzelne Artikel, herausgeschnitten aus irgendwelchen Zeitschriften, zwar zerknittert und wild übereinandergestapelt, dennoch erkennbar absichtlich zwischen Bücherregal und Türrahmen platziert, Notizzettel und Schreibblocks auf einer kleinen Kiste im rechten Eck des Raumes, daneben ein kleiner Haufen Bilder.

Es waren jetzt schon fünfzehn Minuten vergangen, aber alle fünf Minuten ertönte sein »Warte, warte gleeeich«.

Auf dem Schreibtisch lag halb gefaltet sein Dienstausweis:

Winzent Hirte, ein einfacher Name für einen Menschen seines Kalibers. Ein Sonderling, ohne Frage. Wobei der Sonderling eine allgemeine Faszination ausstrahlte. Faszination, ja, aber faszinierend waren auch die Gestalten, die sich mir morgens vor den U-Bahnhöfen auftaten. Fratzen, die ohne erkennbaren Grund in meine Richtung grinsten und lachten, und bestimmt nicht, weil sie sich über mich freuten.

Nach weiteren fünf Minuten rief mich Winzent zu sich in die Küche. Er hatte auf mehreren Frühstücksbrettchen nahezu alles, was er im Kühlschrank hatte, präsentiert und in kleinen Portionen arrangiert, wirklich detaillierte Feinarbeit. Dazu gab es Süßigkeiten und Brot.

Wir setzten uns an den Tisch, Winzent goss uns frischen Kaffee in die Tassen und sprang auf.

»Ach manno, manno, manno, die Milch! Warte!«

Als wir beide saßen, uns gegenseitig und den kleinen, runden Tisch ansahen, spürte er, dass sein Kaffee nicht mehr diese kochende Hitze, sondern lediglich Restwärme besaß, also sprang er wieder auf, aufgescheucht durch irgendetwas, schüttete den alten Kaffee weg und ließ den Wasserkocher wieder fauchen und die Grundlage für frischen produzieren. Ich platzte heraus:

»Haha, wir haben wirklich nur noch zwanzig Minuten und hier sieht es aus, als wären drei Sonntage auf einen Tag gefallen.«

Es war nicht wirklich überlegt, einem Menschen wie Winzent so etwas zu sagen.

Nein, mit Druck konnte er einfach nicht umgehen. Er lachte hektisch auf und wurde sichtlich nervöser, stapelte sich gleich zwei Scheiben Brot und Käse auf den Teller, garnierte sie mit einer Tomate, zupfte ein Stück vom Brot ab und legte den Rest dann wieder zurück.

Ich rührte in meiner Kaffeetasse und konnte bei seinen hektischen Augenbewegungen auf nichts anderes achten als auf die sichtbaren Schwingungen, die sich auf der Oberfläche bildeten. Dieses Hin und Her seiner Pupillen zwischen Konfitüre und Brot, Käse und Aufstrichen ließ seine Hand immer fester das Brotmesser umfassen. Er schaute mich nicht an. Er wurde nervöser, also hielt ich ihm etwas von dem Gebäck hin.

Er nahm sich eins, tunkte es in den Kaffee und stöhnte überlaut auf, legte es wieder hin und seine Augen fingen wieder an mit ihrem Hin und Her. Dann blickte er auf die Uhr.

»Wir sollten losgehen, es ist schon spät, lass den Rest stehen!«

Ich nickte, hatte ich doch ohnehin nichts angerührt.

Wir machten uns auf den Weg zur Arbeit und ich dachte an meine abendliche Verabredung bei Wein und Zigaretten.

Dabei fing der Tag ja erst an.

Im Kommissariat wirkte es so, als wäre in eines dieser neumodernen Musicals während der Aufführung ein »Freeze« eingebaut worden, so dass alle auf der Bühne viel zu lang in ihrer jeweiligen Position verharrten, was beinahe jeden im Publikum zutiefst langweilte.

Denn als Winzent und ich durch die dünne Tür des Konferenzraums hinüber zu unseren Schreibtischen liefen, tat sich ein Bild vor meinen Augen auf, das mir suggerierte, niemals weggewesen zu sein, dabei gab es an diesem Tag nicht einmal eine Morgenkonferenz.

Die Sekretärin saß vor ihrem Becher Müsli und füllte sich so winzig kleine Portionen davon auf den Löffel, dass sie sie mit einem der vielen Spatzen auf ihrem Fensterbrett hätte teilen können, aber selbst die schienen genervt zu sein von ihrer ständigen Pickerei. Dazu trank sie Kaffee und tippte permanent mit einem Finger etwas in ihren Computer, ohne aufzublicken, und auch den Rest des Tages tippte und kaute und trank sie jedoch so unaufhaltsam, dass dieses Revier, wenn es von Inspektoren im Punkto Leistungsdruck am Arbeitsplatz beschattet worden wäre, definitiv Schwierigkeiten bekommen hätte.

Vielleicht war es aber auch ganz anders und sie beendete die simplen Aufgaben, die ihr am Morgen gestellt wurden, auch einfach im Schnelldurchlauf und schrieb den Rest des Tages an dem Roman des Jahrhunderts. Dann könnte ich im Nachhinein davon berichten, wie ich ihr dabei zugesehen hatte. Ein paar beiläufige Blicke – mehr verband uns nicht, ähnlich wie es zwischen mir und nahezu allen aus diesem Büro ablief. Ich machte aber auch keinerlei Anstalten, irgendetwas daran zu ändern.

Seitdem ich morgens von Lisa durch diese verdammte Kälte laufen musste, galt meine einzige Sehnsucht dem Schlaf in meinem eigenen Bett, in meiner Wohnung. Schön war sie nicht, aber sie gehörte mir, jedenfalls zur Miete. Ich hatte sie seit dem Wochenende nicht mehr gesehen, daher beschönigte ich sicher einiges an dieser Wohnung, denn den Gegenbeweis konnte ich ja nicht erbringen, sie lag immerhin vierzig Minuten vom Büro entfernt, ließ Brote aushärten, Kaffee schimmeln, Müllsäcke stinken, aber eben auch Bettdecken, Heizkörper und warmes Wasser erwarten.

Diese Gedanken heiterten mich auf.

Aber schon riss mich Winzent wieder heraus, indem er mir leicht in die Seite boxte, auf Herrn Sehmig zeigte und lachend sagte: »Tasse vier, er muss noch zweimal pissen, und dann haben wir Mittagspause.«

Ich lachte.

Winzent durfte ich weder unterschätzen noch vernachlässigen, auch wenn er ein sonderbarer Haufen an seltsamen Eigenschaften war, so war er dennoch mehr als die meisten in diesem Gebäude – ein erkennbarer Charakter.

»Du gehst heute mit mir mit heute, nach der Arbeit. Da trinken wir was, mit dem Rest von diesem Schuppen, die Sekretärin hat Geburtstag und die ersten Runden gehen auf sie, wenn's scheiße ist – und wir wissen, dass kann es wer... Schau dir mal diesen Jonas an!«

Er stoppte und ließ ein paar Sekunden verstreichen.

»Das ist ja ekelhaft!«

Wir wurden Zeugen, wie Jonas zwei seiner Salamibrote übereinanderstapelte und sich in einem Stück in den Mund schob, und verzogen beide angewidert das Gesicht.

Winzent war doch bei allem so etwas wie ein Kamerad, vielleicht sogar ein Freund, sicher jedoch ein Leidensgenosse.

Ich nickte.

Ich würde früher gehen, um vorher nochmal nach Hause zu kommen. Die eigenen vier Wände zu sehen, das war ein guter Grund, den Schreibtisch vorzeitig zu verlassen. Es klang zumindest plausibel. Ich grinste, schon wieder, und so lange ich das noch zustande brachte, konnte die Gesamtsituation nicht allzu dramatisch sein.

Ich kam zu spät in der Bar an, die erste Runde war schon getrunken, die überraschend hohe Anzahl an Personen am Tisch wirkte auch bereits ziemlich angeheitert. Es handelte sich um den Teil des Gesprächs, in dem sie über die Arbeit und die ganzen lustigen Erlebnisse redeten, das Thema hatten sie also noch nicht abgegrast. Ich bestellte beim Kellner am Tresen schon mal ein Bier und trank es hastig leer, um nicht unvorbereitet an diesem Tisch zu erscheinen.

Als ich noch mit dem Rücken zu ihnen dastand, passierte das, was passieren musste.

»Hey, Heeeey, Markus! Du bist ja schon da!«

Ich nahm mir einen Moment Zeit dafür, einen möglichst freundlichen Gesichtsausdruck zu entwerfen und aufzusetzen, dann platzierte ich mich strategisch so, dass ich mit Winzent sprechen konnte.

Der war schon sichtlich angetrunken und streifte sich fortwährend über die Rippen, die durch das dünne T-Shirt zu erkennen waren. Nach jeder Salzstange, die er sich in Sekundenschnelle in den Mund stopfte, nahm er ein seine Serviette, drehte sich zur Seite, ließ das eben Gekaute darin verschwinden, fing dann hastig ein Gespräch mit irgendeinem anderen an und lachte.

Über ihn zu urteilen, war einfach, ich selber ging seit Tagen nicht in meine Wohnung, stattdessen fast automatisiert in die einer anderen, die mir nicht einmal den Wunsch angedeutet hatte, mich bei sich haben zu wollen. Wir hatten alle einen ganzen Kasten Mist vor unseren Türen stehen und Winzent verdankte ich in diesen drei Wochen ein Stück weit mein Überleben an diesem Ort.

Viele Freunde hatte ich nicht in dieser Stadt, um genau zu sein, eigentlich keine außer Lisa, aber das war eine andere Sache. Vom Drang, mir zwanghaft, fast schon verzweifelt welche zu suchen, hielt mich die illusorische soziale Blase aus Begegnungen mit Winzent, Nächten mit Lisa und den Freunden, die manchmal bei ihr herumhockten und über irgendwelche Texte redeten, ab.

Ich saß da und rauchte, damit war jeder zufrieden.

Der Abend war überraschend unterhaltsam, die Gespräche ebbten gelegentlich ab, aber das war nicht unangenehm. Die Stimmung am Tisch ließ sich zwar nicht als ausgelassen, aber schon als heiter beschreiben.

Doch Vorsicht war geboten, so wie mit allem, was von diesem Büro ausging, wie einer dieser giftigen Pfeilfrösche stand es in meinem Leben und wiegte ich mich in Sicherheit und kehrte ich ihm unvorsichtigerweise den Rücken zu, schoss es sein Gift ab wie Fristen, stinkende Salamibrote und barabendfüllende Unterhaltungen über möglichst günstige Wege, an Möbel zu kommen, oder jegliche Art von Gesundheitstipps, die waren besonders wichtig. Jenny beschrieb Ben nahezu penibel detailliert, wie er ein Mittel gegen die rauen Stellen auf seinen riesigen Händen bekommen würde – auch nachts! –, bemerkte aber nicht, dass dieser ihr nach der Hälfte ihres apothekenmagazinwürdigen Monologs fortwährend intensiv in die Augen schaute und es fast schmerzte, mit anzusehen, wie gern er doch das Gespräch hätte umlenken wollen.

Irgendwann wurde Wein mit Mineralwasser gemischt und nur noch Schorle genannt und Zigaretten mit dem Suffix »-chen« versehen.

Und dann redeten sie fortwährend über Powerfood:
»Ich brauch immer 'n paar Rosinchen auf der Arbeit, die geben dir Energie, das sage ich dir, anders hältste es ja auch nicht durch ... Na ja.«

Diese inflationären »Na ja«-Sager gingen mir Zeit meines Lebens auf die Nerven. »Na ja«, ein austauschbarer Begriff, der beinahe allem Gesagten die vielleicht notwendige Schwere, die Tiefe nahm, der alles relativieren konnte.

Jedenfalls hatten sie auch Winzent damit so weit, dass wir uns durch unseren in den drei Wochen, die wir uns kannten, bereits perfektionierten Blickaustausch verständigten, zu gehen, auf eine zehnte Ladung Flips zu verzichten und diese Bar schleunigst zu verlassen, vielleicht um wirklich etwas Substantielles zu bereden, ohne »-chen« und ohne »Na ja«.

Wir verließen die Bar unter vielen »Ja, ja, ja, haha, also dann, Tschaaau«-Sätzen und schon waren wir auf der beleuchteten Straße. In diesem Moment war es irgendwie angenehm, Winzent bei sich zu haben – wir waren doch irgendwie etwas wie Komplizen, Aufklärer, Cops. Das musste auch gar nicht kleingehalten werden, nicht an solchen Abenden, das übernahmen das Büro, der Aufgabenstapel und der Rest der verdammten Belegschaft schon. Heute Abend waren wir Winzent und Markus, Cops der Stadt, die einfach nach der ganzen Arbeit etwas tranken. Und das war in Ordnung, einfach in Ordnung.

Bis zum Jahre 1990, also drei Jahre vor meiner Geburt, spielte Johnny Depp drei Jahre lang die Hauptrolle in der US-Serie »21 Jumpstreet«, eine Serie über Cops, einfach gesagt, um viel mehr ging es mir auch gar nicht, wenn mein Vater die Serie aus seiner Sammlung holte, immer wieder die Geschichten mit Johnny Depp, 81 Folgen. Ich sah nur den Cop, den Helden.

Für eine lange Zeit war mein größter Wunsch gewesen, auszusehen wie er. Ich versuchte es immer wieder und ließ nichts aus, intensives Wachsenlassen von Haaren und Oberlippenbart, Haltungsposen, selbst wenn ich in Gesellschaft subtile Hinweise gab, mich doch verändert zu haben, etwa durch ständiges, aber gut verpacktes Erwähnen des Namens.

»Ich würde gerne wieder Filme von Sylvester Stallone oder Johnny Depp sehen. Johnny Depp, wo hat der zuletzt gespielt, SIEHT der eigentlich immer noch so aus?«

Inhaltslose Fragen, die einen ins Grübeln und Assoziieren bringen konnten. Sie taten es aber nicht, nie. Ich sah schlichtweg nicht aus wie Johnny Depp, zu groß und blau waren meine Augen, zu bleich meine Haut, lediglich die Größe, die hatten wir gemeinsam.

Meine Auseinandersetzung mit diesem Charakter intensivierte sich zu meiner Zeit als Jugendlicher.

Wenn mein Vater am Abend allein war, schaute er sich immer nur diese Serie an und trank Wein dabei. Immer dann, wenn meine Mutter ausging und er zurückblieb, schaute er diese Serie und ich schloss mich an. Gesagt wurde nichts.

Ein herzzerreißender Grund dafür, warum ich Kommissar werden wollte, war es mit Sicherheit nicht, das wäre die Lachnummer, fast schon Komödie meines Schicksals gewesen, mir erst die Gedanken an das Leben eines knallharten Cops zu geben, der in seiner Begründung auch noch die intimen, stummen Momente mit seinem Vater heranzog, um Tränenboni einzusacken, nein.

Ich sah mich gern in der Rolle dieses Filmhelden, es half irgendwie. Das Aussehen würde kommen oder nicht, aber wenn das Unternehmen stand, dann würden die Handlungen das Äußere, das Auftreten von mir, schon richtig wirken lassen.

Und wie wir auf der kalten Straße liefen, die eine Hand in der Tasche, die andere Hand mit einer Zigarette beschäftigt, machten wir wenigstens für ein paar Augenblicke einen ziemlich stimmigen Eindruck, da war ich mir sicher.

»Muss schon wieder pissen«, bemerkte Winzent und wandte sich einem orangenen Mülleimer zu. Dass das Licht ihn ziemlich stark beleuchtete, war ihm offenbar egal. Ich dachte über die Gespräche, das Aufgeschnappte und vielleicht schon verdrängt Gesagte aus der letzten Zeit nach. Das, was aus allerhand unterschiedlichen Räumen, Bars, Büros, Lisas Zimmer mit hektisch sprechenden Freunden auf mich einwirkte und was ich eigentlich dazu zu sagen wünschte.

Der eigentliche Punkt, auf den alles in diesen Situationen zurücklief, war ich. Die einen sprachen über Sartre, die neue Chance des Anti-Pops in der Literatur und über ihre Skripte, und ich fand ihre Worte lediglich hochgestochen und seltsam. Die anderen sprachen über sich und ihre Wohnungen und ihre Gesundheit. Der Punkt war, sie taten es und waren damit irgendwie zufrieden, verbargen ihren Missmut jedenfalls ziemlich gut.

Nur besuchte ich immer diese Sphären und griff darauf zurück, Beobachter, Außenstehender in meinem eigenen Kreis. Der wie auf einem Blatt skizziert ein separates Bild neben dem der anderen darstellte, deren Ränder sich nicht schnitten. Durch die durchsichtige Blase konnte die andere zwar beobachtet und der Anschein geweckt werden, bei ihr zu sein, ein Eindringen war dennoch nicht möglich, und dann wurde es kälter. Das war eine Erklärung und ein verdammter Selbstläufer, der irgendwann unaufhaltsam ins Rollen kam.

Ich spürte die Auswirkungen des Bieres angenehm berauschend beim Gehen, das Bier wehrte einen Teil der Kälte ab, das war doch etwas, was verwendet werden konnte. Und ich dachte an den kurzen Weg zu Lisa. Ach, was soll's, ich brauchte Wärme.

Winzent schien mein angekündigter Abgang zu beunruhigen, also hopste er von einem Fuß auf den anderen, um sich dann an meiner Schulter festzuhalten und zu lallen: »Weck mich auf morgen, morgen kommst du, scheiße nochmal, vorbei, also *scheiße* meinte ich nicht, und hey, dann frühstücken wir was, wobei, müssen wir mal sehen. Ich schreib dir. Ist doch ganz schön früh, aber eigentlich klingt es doch ganz geil, ne? Haaaach, war das schön!«

»Ja, war es, also dann ... Also wir sehen uns ja eh ...«

Ich wollte noch ein »auf der Arbeit« anhängen, aber Winzent kam mir zuvor.

»Ja, bis morgen früh!«

Nun MUSSTE ich wohl bei ihm vorbeikommen, weil ich den geeigneten Moment verpasst hatte, mit einem Satz wie »Ja, wir sehen uns auf der Arbeit« moralisch zu legitimieren, morgen früh nicht vor seiner Wohnungstür zu stehen.

Das Einzige, was mich für einen Moment motivierte, war der Gedanke daran, nicht allein der Morgenszenerie aus S- und U-Bahnstaub, Lärm, Hitze, Dreck und Kälte ausgesetzt zu sein, das konnte auf Dauer nicht gesund sein.

Dieses Mal war ich derjenige, der vor ihrer Tür stand, berauscht und angefixt vom Abend, sie hatte ihr Glas Wein, es war ein Donnerstag – kein Tag, der normalerweise gefeiert wurde. Sie feierte den Abend, ihren Feierabend, meistens allein, bis ich vorbeikam und der Wein ihr ein Lächeln auf das Gesicht malte.

Sonst bekam ich sie so gut wie nie zu Gesicht und an all das dachte ich, als die Stufen unter mir lauter knarrten als sonst, weil ich nichts darauf gab, wie gut Frau Terona aus dem Zweiten schlafen würde, ich schlief selber nicht viel durch diesen ganzen Mist.

Die Stufen gaben mir Bedenkzeit, das war nicht unbedingt von Vorteil in solchen Situationen. Lisa, Lisa, Lisa wartete hinter dieser Tür. Wobei »warten« ein idealistischer Ausdruck war. Sie saß einfach an ihrem Schreibtisch und ich trat irgendwann ein nach der Arbeit. So wie ein verdammter Hund, der nach Hause musste zu seinem Besitzer, denn er würde sich sonst verirren in der Nacht oder sich fürchten vor dem Alleinsein. Der treue Begleiter.

Ich klingelte an der Tür und da war es wieder, ihr Grinsen, dieses Grinsen, das wie ein unsichtbarer Schwamm alles fortwischte, die grauen Gedanken, die Kälte, die Wahrheit vielleicht.

Ich trank lieber Bier, bei Wein kam ich immer ins Grübeln. Lisa trank fast nur Wein, rauchte dazu und sah dabei so unfassbar hinreißend aus, dass ich sie nur ansehen musste, um mir bewusst zu werden, dass ich mich selbst verkleinerte in ihrer Gegenwart. Zum Beispiel dachte ich nie daran, auch nur eine Zahnbürste hierzulassen. Es kam mir auch nie in den Sinn, ihr Fragen zu ihrer Einrichtung zu stellen, obwohl diese genug davon aufwarf. Zum Beispiel stand dort diese bereits erwähnte Schreibmaschine auf einem Pappkarton, völlig intakt und benutzbar, Bücher und ein zur Hälfte bemalter Aschenbecher wurden darauf drapiert wie gebrauchtes Werkzeug in einem Schuppen oder Geschirr in einer Spüle, alles verlor an Wichtigkeit in diesem Zimmer. Alles konzentrierte sich irgendwie auf den Schreibtisch. Dieser fiel besonders ins Auge, denn er glänzte im ersten Licht des Morgens. Er wurde stets sorgfältig abgewischt und Zigaretten durften niemals darauffallen, das hätte einen Zusammenbruch hervorgerufen bei ihr.

»Ich bin gleich fertig.«

Es war schon verrückt, dass jeder immer irgendetwas zu tun haben musste, wenn ich ihn besuchte. Winzent auch, wobei Winzent andere Baustellen hatte, deren Bearbeitungsdauer wahrscheinlich am besten mit dem Wort »lebenslänglich« beschrieben werden konnte.

Ich lächelte sie an und brachte eine dieser typisch bürgerlichen Floskeln wie »Lass dich nicht hetzen!« oder »Immer mit der Ruhe« hervor.

Lisa schrieb noch eine Weile und der Rausch entwich aus meinem Kopf und verwandelte sich in zunehmende Müdigkeit.

Es verlief immer im gleichen Rhythmus, im gleichen Beat, wie sie dasaß, wie sie ihre verdammten Wörter tippte und mir ihren Rücken zudrehte und mir vorenthielt, was sie zu sagen hatte.

Das spürte ich nur zu deutlich, obwohl sie mit mir sprach. Anders hielt man es in solch kleinen Räumen ja gar nicht aus. Trotzdem verdeutlichte sich das Aufgesetzte mit jedem weiteren Wort.

Ich sah das.

Und doch war da immer noch dieses Verlangen zwischen uns und verdeckte die Barrikaden.

Dass sie bald fertig sein würde, bemerkte ich daran, sie beim Schreiben meinen Arm berührte und sanft meine Hand kraulte.

Verdammt, ich liebte dieses Gefühl, fernab von allem, wenn sie meine Hand hielt, war alles in Ordnung.

Ich dachte an nichts anderes mehr.

Als sie dann endlich fertig war, öffnete sie ihre Hand und ich zog sie zu mir, sie sprach nicht, wir sprachen beide nicht, und ich fühlte ihre Haut auf meiner. Ich sagte nichts, da ich sie auf mir fühlen konnte. Sie war da, war mir endlich nah.

Während sie auf mir saß und sich konzentriert hin- und herbewegte, schwitzten wir, kein unangenehmes, klebriges Zeug, so musste es sein, es passte, es roch intensiv und es berauschte.

Die Wände waren dünn wie Papier, keine Ahnung, wieso Wände so dünn gebaut wurden. Wir wurden immer lauter, und ich glaube, dass uns der Gedanke antrieb, dass wir vielleicht durch die dünnen Wände sogar die Nachbarn mit erregten. Man hörte Lichtschalter klacken.

Es war mir egal, ein seltsamer Freigeist war ich doch. Angeschwiegen und ruhiggestellt zu werden nahm ich in Kauf, wissend, dass solche Momente warteten.

Abhängigkeit war es wohl, doch Abhängigkeit hat immer eine süße Ursache, und die hier war so süß, ich dachte nicht mal mehr an meinen Magen, die Kälte war sowieso verschwunden und auch sonst sah ich nichts außer ihre Haut.

Lisa konnte währenddessen bis zu zwanzig Minuten in einer Position ausharren, ohne auch nur im mindesten müde zu werden. Ich war schon nach den ersten Sekunden froh, auf dem Rücken zu liegen, ein Kissen hätte mir allerdings gutgetan, so musste ich die ganze Zeit selbst den Kopf hochhalten, denn ich wollte sie sehen, ich musste sie einfach ansehen.

Nach einer Weile zeigte ihr Temperament sein wahres Gesicht, und ihr Rhythmus raubte ihr die Konzentration und ließ sie noch nackter wirken.

Sie gab Geräusche von sich, fuhr immer wieder durch meine Haare und küsste mich, ja, sie küsste mich, sie küsste mich selten, aber in solchen Momenten ergriffen ihre Hände meinen Kopf, so als müsste sie sie irgendwo ablegen, da sie sonst etwas anstellen würden, und sie schlug sie fast schon gegen meine Schläfen und zog mich immer wieder zu sich heran und küsste mich, als wäre es ihr letzter Tag auf Erden gewesen.

Ich gab mich hin.

»Nochmal?«, fragte ich, obwohl sich bereits alles so erlösend zusammenzog und ich eigentlich schon Probleme hatte, wachzubleiben. Sie küsste mich wieder und im Moment meines Augenschließens hätte ich schwören können, ein Grübchen in ihrem schmalen Gesicht zu sehen.

Nochmal – und die Decke fiel von ihr herunter, aber es schien kein Mond, dessen Licht sie mir vollständig hätte zeigen können, stattdessen deckte sie der Himmel zu.

Danach richteten wir uns auf, sie zog die Decke hoch und steckte sich eine Zigarette an.

»Woran schreibst du eigentlich gerade?«.

Ich dachte an den Berg von Papier, den sie in den letzten Tagen produziert haben musste. Sie fragte nie nach meiner Beschäftigung, aber was hätte ich auch erzählen sollen, wieder eine Rechnung abgezeichnet, einen Antrag galt es möglichst schnell zu bearbeiten? Das waren keine wirklichen Gesprächsthemen und jeder, dem so etwas dafür genügt hätte, machte sich entweder etwas vor oder hatte wirkliche Probleme.

»Ach, es ist zu komplex, zu verstrickt, das wird sich noch zeigen.«

»Aha.« Ich blies den Rauch aus, meist war das alles, was ich über ihr Schreiben herausbekam.

Plötzlich richtete Lisa sich auf.

»Kannst du mir bei etwas helfen? Das wäre echt wichtig.«

Das war neu.

»Klar.«

»Kannst du bei dem Paketdienst in Tempelhof ein Paket für mich abholen? Der hat irgendwie nur von 7–9 Uhr am Morgen offnen und das Ding MUSS morgen hier sein, und ich schaffe es zeitlich nicht. Würdest du das machen? Ist gleich an der Linie 6, die fährst Du doch immer, die 6?

Der Zettel liegt dort drüben.«

Sie ließ das Feuerzeug erneut aufleuchten, blickte dann an sich herunter und zog sich rasch ein T-Shirt über, das neben dem Bett auf dem Fußboden lag. Sie schaute mich erst wieder an, nachdem sie sich auch noch die Decke um ihre Beine gewickelt hatte. Zusätzlich zu einem Nicken versuchte ich mich an einem coolen Augenzwinkern, aber es gelang mir leider nicht auf die gehofft lässige Art und Weise.

Lächeln, das genügte mir.

Im Schein des Feuerzeuges konnte ich ihre Augen klar erkennen, braun und warm schauten sie mich an. Sie war so schön.

Im ganzen U-Bahn-Dunst, zwischen den Treppenstufen und in meinen verschwiegensten Stunden konnte der Gedanke an ihre Augen alles ausblenden. Die veränderten sich nicht, konnten sie gar nicht, ging einfach nicht. Natürlich klang ich in diesen Gedanken daran immer wie der größte Idiot, ein Träumer, ein Verblendeter – das verliebte Lamm, das einen Wolf zu sich einlud und sich vorher noch rasierte, damit es der Wolf einfacher haben würde. Alles wahr, möglicherweise, und doch war da einmal eine Zeit gewesen, noch nicht allzu lange her, wo das berühmt-berüchtigte »und sie lebten glücklich bis ans Ende ihrer Tage« so verdammt nah gewesen war. Und stattdessen geriet ich zum Lamm unter ihrem Blick, einem verdammten, kahl rasierten Lamm, wartend, dem Wolf die Kehle hinhaltend, lächelnd bis zum letzten Atemzug.

Als ihr vorher so ruhiger, kontrollierter Atem mit einem Mal stoßender gegen meine Brust flog, wusste ich, dass ich nur noch ein paar wenige Minuten ruhen durfte, bis ich das Haus verlassen musste. Fast ein gemeinsamer Morgen. Wie die ganze Szenerie wohl im Tageslicht ablaufen würde.

Das erfuhr ich nicht und doch war es Morgen, und betrachtete man die ersten Stunden des Tages als »den Morgen«, dann ergaben sich dadurch auch neue Ansatzpunkte. Besonders hier, zwischen all den dünnen

Wänden, den unausgesprochenen Worten, die sich aufstauten und irgendwo versteckten, dem Rauch und den sich verziehenden Spuren des Rauschs. Alles vermischte sich irgendwie und der Morgen kam jedes Mal.

Denn morgens, nach getaner Nacht, ruht alles irgendwie verbraucht im Saum der frühen Wärme.

Flecken neben mir und auf ihr, beklebt und gekennzeichnet von den Händen des Vortags. Wie schön ist doch das Erwachen oder die Frage danach, wie es sein könnte, das musste dazu gesagt werden, denn ich beleuchtete nur mein eigenes Erwachen, immer gleich, immer früh – ein Einwurf in die Routine, für den Weg nach unten, die Kälte, die U-Bahn – es war immer gleich und doch war es jetzt noch warm.

Ich musste aufstehen und versuchte dabei, ihren Geruch so tief wie möglich in mich aufzunehmen, damit er noch für eine Weile in meiner Nase haften bliebe auf meinem Weg.

Ich kochte Kaffee auf der Herdplatte, denn es war eine gute Nacht gewesen. Der Dampf quoll gegen die grauen Flecken an der Wand der überbauten Küchenzeile und gab das Signal, dass es Zeit für mich war.

Ich nahm ein paar hastige Schlucke und schloss dann die Tür hinter mir, war wieder im Treppenhaus – alles musste immer so vorsichtig vonstattengehen. Aufwachen, Kochen, Gehen, bloß kein Lärm dabei. Der Duft des Kaffees stieg selbst durch die geschlossene Tür in meine Nase und folgte mir ein Stück. So ist das mit dem Kaffee, wenn man ihn auf der Herdplatte erhitzt. Ruhe, so viel Ruhe wohnte gerade miteinander, atmete irgendwo im Stummen auf der Couch. Das süßeste Intime, dachte ich, ist doch die Restwärme, die hier noch im Laken der Nacht liegt. Die Nacht bleibt liegen, doch der Morgen kommt immer wieder, und sieht uns pur, nackt und unbeschönigt. Weiß um die wahren Beweggründe unseres Handelns. Was uns besänftigte, ruhig hielt und was uns nicht schlafen ließ. Und doch versteckt sich das alles hinter verschlossenen Türen.

Vier

In meiner spontanen Freude darüber, dass Lisa mich um etwas gebeten hatte, zum ersten Mal überhaupt in all der Zeit, hatte ich überhaupt nicht daran gedacht, dass dieser Zwischenstopp meinem morgendlichen Zuspätkommen nochmal eine ganz andere Qualität verpassen würde. Und außerdem hatte ich doch Winzent versprochen, erst noch bei ihm vorbeizukommen. Wie sollte das jetzt alles zusammenkommen? Ich war jetzt schon überfordert und dabei war es noch nicht einmal hell.

Und obwohl heute also alles anders sein würde vom Ablauf her, war doch alles wie immer: Trotz eines beherzten Spurts war alles, was ich von meiner Bahn sah, nur der Schein der Rücklichter. Dazu lachte mich der übliche Obdachlose wieder einmal in unregelmäßigen und objektiv betrachtet unbegründeten Abständen aus.

»When it's hard for you ... There is always a way that gooees throouuuugh.«

Heute ging mir selbst mein hoch geschätzter Straßenmusiker gehörig auf die Nerven.

Seit einigen Tagen ließ die sonst übliche, angenehme Morgenmelancholie in seinen Texten zu wünschen übrig, das missfiel mir. Vorher war das stimmiger gewesen, zumindest für mich.

Dieser morgendliche Druck der Schläfen, Druck unter den Augen, unterm Schädel, an den Knorpeln, sicher vom Schlafmangel.

Man sollte ein Stück Härte des Tages spüren, Härte zu überwinden trieb doch irgendwie jeden an und in all dieser Flucht vor der Kälte zu dieser sinnlosen Uhrzeit klangen die sentimentalen, tiefen, schweren, fast traurigen Zeilen gar nicht so traurig, sie stimmten. Er sang die Wahrheit für mich und das suchte ich, und das suchte auch der Obdachlose. Der Musiker gab es uns und suchte selbst auch irgendetwas, da war ich mir sicher. Zuspruch oder ein Zunicken. Aber vielleicht auch einfach nur Geld und der ganze Mist war gar nicht so schön, wie ich es mir ausmalte, und irgendein Freund von ihm oder ein eigentlich bekannter Musiker, der nur mir kein Begriff war, hatte diesen Song geschrieben und er spielte es jetzt lediglich herunter. Jedenfalls spielte er seit Tagen diese lebensbejahenden Lieder, deren Texte auf einem Motivationscoaching-Workshop der Renner gewesen wären, nur waren die Klänge tiefer, die Wörter sanken dadurch und machten aus diesem Morgen einen zähflüssigen, klebenden Brei.

An diesem Tag sollte es mir recht sein, ich hatte schließlich keine Zeit zu verlieren.

Mein Zeitfenster war vorgegeben – Öffnungszeit des Paketshops: 7–9 Uhr.

Plötzlich spürte ich, dass sich etwas in meiner inneren Jackentasche befand, obwohl ich keinerlei Erinnerungen daran hatte, irgendetwas eingesteckt zu haben.

Mir fiel ein, dass ich schon länger den Verdacht hegte, dass Herr Sehmig zusammen mit den schon fertig ausgebildeten Kommissaren uns Neuen und vor allem mir aus einem unangebrachten Spaßbedürfnis heraus kleine Fallen baute. Man hörte Geschichten, zum Beispiel in der Mensa, oder schnappte im WC irgendetwas auf. Diese Theorie lieferte dann auch eine ziemlich plausible Erklärung für eine Reihe nerviger Geschehnisse der letzten Wochen. Ja, Herr Sehmig hatte eine sadistische Veranlagung, man musste ihn nur beim Gemüseschneiden nach einer langen Sitzung beobachten, wenn er mich, immer noch Kaffee trinkend, vor meinem Schreibtisch sah. Dann wurden Tomaten nicht nur geschnitten, sondern regelrecht verstümmelt und schließlich, nur wenig schonend zermanscht, auf die lieblos bestrichene Scheibe Brot gelegt, deren Mitte um das nicht gut verteilte Stückchen Butter zerfleddert offene Poren besaß und in seinen, im Vergleich zum Rest des Körpers, riesigen Händen klein und jämmerlich dalag. Jeder hatte seine Art, mit dem ganzen Alltagsdunst umzugehen.

Es war etwas Essbares. Das war es.

Ich erinnerte mich im selben Moment doch noch daran, dieses Ding letzte Nacht von Jonas bekommen zu haben, aus der Bäckerei ums Eck. »Der guten, das konnte man doch nicht einfach wegschmeißen«, aber ER selber könne es auch nicht mehr gebrauchen, da er so spät nichts mehr essen würde, die schlanke Linie, keine Carbs nach 18 Uhr und so weiter. Und für Frühstück? Dafür habe er keine Zeit, also wirklich nicht. Dabei platzierte er täglich diese stark riechende Komposition aus unnatürlich hell aussehendem Teig, Butterbergen und Wurstlappen auf seinem Schreibtisch und fragte meist schon nach einigem an »Uff« und »So, jetzt müssen wir aber mal anfangen« ganz vorsichtig und gespielt interessiert, was es heute eigentlich in der Kantine gäbe. Schön, nur irgendwas Leichtes. Und dann drückte er weiter an diesem fettigen Brötchen herum und sein Schmatzen lag wie ein durchgehend unangenehmer Beat unter der morgendlichen Ansprache von Herrn Sehmig. Passte fast in diesem Fall.

Diese ganze Situation rekonstruierte ich jetzt so nach und nach, wobei ich beim besten Willen nicht mehr wusste, warum ich in meinem berauschten Zustand dieses Ding missmutig in meiner Jackentasche versteckt hatte, obwohl ich trotz eindeutig identifizierbaren Hungers schon Ekel gefühlt hatte – nur bei der Vorstellung, zu dieser Zeit etwas zu mir zunehmen.
Den Magen hatte ich in letzter Zeit eigentlich gut überlistet, so dass er mich meistens in Ruhe ließ.
Aber nun war da diese Möglichkeit in meiner Tasche.

Vor mir saß eine Frau in geradezu asozialer Pose, ihr rechtes Bein über den Sitz gelegt, so dass sie sich, obwohl sie reichlich Platz zum Sitzen hatte, für die Dauer ihrer Fahrt die Freiheit erzwang, in der nicht gerade leeren U-Bahn maximalen Komfort durch optimale Beinfreiheit zu genießen.
Sie starrte mich an und ich sie ebenfalls, und es gab diesen Augenkontakt, der keinerlei Freude oder auch nur Neutralität erzeugte. Stattdessen war er von von Missmut besetzt. Ich hatte Kaffee getrunken und dieses pfannkuchenähnliche Stück in meiner Jacken-

tasche, das essbar roch. Sie wusste das, da war ich sicher.

In dem Backshop unterhalb von Lisas Wohnung lagen allerhand solcher Dinge aus. Die Leute tranken dazu Kaffee, Tee und genossen das Warme daran. In ihrer verdammten Ruhe.

Die U-Bahn ruckelte.

Trotz all der Menschen und Körper herrschte eine Kälte in der U-Bahn, die es mir unmöglich machte, an etwas anderes zu denken als dieses Ziehen in meinem Magen. Wieso musste das überhaupt existieren?

Ich entschloss mich vor langer Zeit für einen Moment persönlichen Friedens, für innere Ruhe, ja, schon fast für die Übernahme von Verantwortung für mich selbst. Die hastige Abfolge der Stationen rechnete dagegen, betonte besonders eindringlich, dass wenig Zeit bliebe.

Aber dieses duftende Stück in einem herunterzuschlingen, dafür würde es reichen, so wie es die vielen anderen taten, die wie zwanghaft und ohne einen richtigen Blick auf das, was sie da in der Hand hielten, beim Gehen ihre Gebäckstücke geradezu einatmeten. Dazu Kaffee und hochgezogene Augenbrauen. *Hach ja. Ich hatte heute früh eh nur eine Kleinigkeit.*

Ich dachte an die Zeit vor dem Kommissariat zurück und über die Frage nach, ob es damals besser gewesen war. Damals hatte ich wenigstens noch eigenen Tabak gehabt und Kaffee bei meinem Lieblingsbäcker kostete fünfzig Cent, den gab es zwar nicht mit Deckel und auch nur in kleinen Rationen, aber dafür direkt und schnell und ohne hochgezogene Augenbrauen, besser noch, es wurde mir sogar ein aufmunternder Blick zugeworfen.

Keine Milch, nur Kaffeesahne, aber wenigstens keine Fragen, wenn ich mich wieder auf die Treppe setzte, um zu warten. Von diesem Punkt im Leben an wusste ich solche Sitzgelegenheiten-ohne absurde Besonderheit wertzuschätzen.

Ich konnte mich nicht entscheiden, wie ich dieses mir unverhofft zugeflogene Stück genießen sollte.

Herr Grundel, Hausmeister des Gebäudekomplexes, in dem auch Lisas Wohnung lag, der mir beim ersten Mal den Weg zur U-Bahn erklärt hatte, tunkte Gebäckstücke stets in ein warmes Getränk und aß es dann. Dieses Ding in meiner Tasche war nicht sehr groß, doch ziemlich dick und nicht gerade gemacht für das Eintauchen in einen Kaffeebecher.

Und die Vorstellung eines im Allgemeinen liebevoll »Haps« genannten Essensvorgangs widerte mich angesichts des zu erwartenden Blickes dieser Frau gegenüber einfach nur an.

Ich beendete die um sich selbst kreisenden Gedanken damit, dass ich der Frau meinen Rücken zuwandte und ohne auch nur den Bruchteil einer Sekunde zu zögern, die Zähne in dem Gebäckstück versenkte.

Seit langem spürte ich zum ersten Mal wieder Wärme.

Schleichend langsam und auch nur für ein paar Sekunden und doch war sie da. Ich biss erneut ab und sah im Spiegelbild in der Glasscheibe, wie sich meine Augen unter diesen Bissen leicht selbstvergessen verdrehten, spürte, wie die Wärme aufstieg in mir, zusammen mit den brennenden Worten »Das erscheint mir aber ein ekelhaftes Frühstück zu sein«. Die mussten von der Frau kommen, hatte sie also doch erkannt, wie ekelhaft unmäßig ich war.

Fünf vor neun. Ich musste in diesen Paketshop.

Der Verkäufer lächelte breit.

»Guten Morgen.«
Ein dicklicher Mann in Flanellhemd, dessen weinrote Haut unterhalb des Halses aussah, als hätte er ein Krokodil gehäutet, die Haut eingefärbt und zu einem Schal verarbeitet.

Unter seiner brillenverglasten Augenpartie waren kleine, weiße körnige Flecken zu erkennen und er sah trotz seiner ganzen Verbrauchtheit freundlich und sicher aus.

»Morgen, mein Junge! Na, da würde *mansch* einer sagen, arschknapp, wa?«

Er war offenbar einer dieser Menschen, die jedes »-ch« am Ende von Wörtern wie »-sch« aussprachen. Ich hasste das, es klang in meinen Ohren immer so schmatzend, fast wie ausgespuckt, und ich ärgerte mich einfach darüber, dass solche Leute ihre Aussprache von irgendwem so gelernt hatten, der nicht gestoppt und bestraft wurde für diesen Frevel und diese Unart somit munter weiterverbreitete und noch mehr unwissende, vielleicht auch unbedachte Anhänger fand.

Ich war auf diesen Menschen angewiesen, also lächelte ich:

»Ich brauche ein Paket für Lisa Schmidt.«

Er senkte seinen Kopf, nur um ihn dann langsam wieder zu erheben, und hielt sich mit beiden Händen am Tisch fest:

»Mooooooment, ick weeß ja, dat jetzt alle so'n bisschen am Rad drehen und dit okay sein soll, habe ick ja auch, ick sag mal prinzipiell, keen Problem mit, ick versteh dit nur nich, weil wie 'ne Lisa sehnse nich aus, Freundchen.«

»Entschuldigung?«

»Ick kann Ihnen nicht helfen, Junge.«

»Wie meinen Sie das? Ist das nicht der Sinn dieses Ladens? Wieso…«

Er unterbrach mich:

»Na, ick sag mal so, soll ja jeder seins machen, ick bin ja auch schon älter und dat wird ja immer bunter. Und die jungen Leute, na ja, solln se machen. Aber wenn ick nu mal Karsten heiße, dann bin ick nu ma keine Lisa. Meine Eltern haben mich Karsten genannt, dit Finanzamt, meine Freunde, alle nennen se mich Karsten. In meinem Pass auch, hier: Karsten! Wat die Leute sich allet einfallen lassen, da komm ick nich mehr mit, ick will's ja verstehen! Wenn die sich dann Pumps anziehen zuhause, na dann lasse machen, aber man kann doch nich einfach sagen, ick bin wat anderet, stimmt ja nich, pissen dann ja doch im Stehen und andersrum och nich anders.«

Jetzt beugte er sich ganz nahe zu mir und sprach betont leise und bedächtig: »Ick hab da ja nüscht gegen, verstehe es nur nich. Man is eben, wat man is, wa?«

Er ließ sich rücklings in einen Sessel fallen und mit einem Seufzen zündete er sich eine Zigarette an, während sich auf der Uhr über ihm der große Zeiger gefährlich schnell der Zwölf näherte. Dazu fing er an, seine Mappen zu ordnen.

»Nein, nein. Ich möchte ein Paket FÜR Lisa Schmidt abholen, für jemand anderen.«

»Ah so, FÜR Lisa Schmidt! Vollmacht hammse dabei?«

Verdammt, das war's! Das Verfehlen auf der Zielgeraden, der totale Zusammenbruch, der Motorschaden beim eng getakteten Wochenendausflug an die Ostsee, der Stromausfall zwei Minuten vorm *Tatort*, das Ende.

»Die habe ich nicht, nur den Zettel …«

»Tut mir leid, Jesetz is Jesetz.«

Da gab es nichts mehr zu diskutieren, der Morgen hatte mich besiegt mit dem neuen Stil des Musikers, dieser Frühstück-Kritikerin und zuletzt der Bürokratie des Paketshops, also drehte ich mich resigniert um und ging zur Tür.

»Jungchen?«

Hoffnung!

Er lehnte sich noch weiter zurück in seinem Sessel.

»Wer ist denn dat Mädchen?«

»Na ja, jemand, Freundin, keine Ahnung«, stotterte ich und klang in meinen Ohren wie ein Teenager in einer amerikanischen 08/15-Seifenoper.

»Aaaaach.« Er begann, röchelnd zu lachen. »Dit kenn ick, na ja wat will man machen, ne, is halt nich einfach mit de Liebe. Aber eins sage ick dir: Immer schön Butter auf dit Brot! Und jetzt nimm dein Paket, ick hab Feierabend und hab heut eh meinen Sozialen.«

Er zwinkerte mir zu und tauchte einen Keks in den Kaffeepott, der vor ihm auf dem Tresen stand. Sofort verzieh ich ihm die ekelhafte Sprachmarotte. Ich würde zu spät kommen, aber als Held, mit Lisas Paket.

»Immer schön Butter auf dit Brot«, was auch immer er damit gemeint hatte, vielleicht eine Weisheit, die, wenn mir jemals ihre Bedeutung aufgehen würde, helfen konnte.

Fünf

Das Paket unter meinem Arm verlieh meinem Zuspätkommen eine gewisse Größe, so fühlte es sich zumindest an. Die Blicke der anderen schrumpften angesichts meines Höhenflugs zu sirrenden Mücken sie waren lästig, wirklich anhaben konnten sie mir jedoch nichts.

»Markus, Markus Silaw, seien Sie so freundlich und kommen Sie eben in mein Büro!«
    Das war's mit meinem Höhenflug. Er siezte mich sonst nie.

Herr Sehmig saß etwas versunken in seinem Ledersessel und sah dabei aus wie der Chef eines definitiv kriminell geführten Musiklabels.

»Wir haben da was für Sie, wollen Sie aber natürlich erst einmal fragen. Aber machen Sie das, das könnte Ihre Chance sein.«

Im ersten Moment klangen seine Worte durchaus berauschend, geradezu furios, doch Herr Sehmig hatte die Angewohnheit, immer alles zu überspitzen. Sei es das große Event, dass es Fisch in der Kantine zum Mittag gab, Regen angesagt war und es doch trocken blieb oder dass jemand einen Auftrag tatsächlich vor der gesetzten Frist abgeschlossen hatte, so konnte es also immer noch sein, dass er mit dieser großen Chance meinte, ich könne mein nicht vorhandenes Ansehen auf dem Revier durch gründliches Reinigen der Kaffeemaschine aufbessern. Es blieb kritisch abzuwarten.

»Meier ist raus aus einer unserer aktuellen Missionen, plötzlich will er seiner Frau nachreisen, der Alte. Na ja, wie dem auch sei, das passt natürlich gerade ganz schlecht.«

Er zündete sich eine Zigarette an, jetzt war er wirklich in seinem eigenen Film gefangen. Aber es gefiel mir irgendwie, also schaute ich zu. Er hustete.

»Deswegen haben wir uns entschlossen, mal etwas auszuprobieren, und Sie, Markus, können, wenn Sie damit *d'accord* sind, wie der Franzose sagt, haha ...«

Für einen Moment fühlte ich so etwas wie Freude über seine Worte, aber weiterhin galt es, Vorsicht walten zu lassen, das war wichtig in diesem Haus. Er fuhr fort, nachdem er seine halbaufgerauchte Zigarette ausgedrückt hatte.

»... das übernehmen, Markus, Herr Silaw, Markus ...«

»Markus«, sagte ich schnell.

»Markus«, wiederholte er langsam und gedehnt, so als würde er gerade in irgendeiner herzzerreißenden Dokumentation vor laufender Kamera versuchen, jemandem das Sprechen beizubringen.

»Ja.«

»Ja, wunderbar! Also, was meinen Sie?«

»Wie meinen Sie das, was meine ich? Was ist denn das überhaupt für eine Mission?«

Herr Sehmig zog die Augenbrauen hoch, eine derartige Anmaßung – damit hätte er nicht gerechnet. Vielleicht war er auch nur überrascht, dass der Typ, der seit Wochen nie mehr als die Worte »Ja«, »Nein« und »Bis morgen fertig« für seine mehr oder weniger wichtigen Anträge und Rechnungen und sonstigen Papierkram parat gehabt hatte, plötzlich vollständige Sätze konstruieren konnte.

Er schüttelte sich, das war sein Entgegenkommen.

»Ach so, Sie ... Du ... Ach, verdammich, Markus! Sie wissen ja noch gar nicht, worum es geht, haha. Wo hab ich nur meinen Kopf? Das müssen diese Kippen sein, verdammt. Oder das Wetter, ja, ja, ja, das Wetter, vielleicht hole ich mir auch noch'n Kaffee, wobei, nein. Nein! Erst die Arbeit, dann das Vergnügen, sagte schon mein Uropa, war Stahlbetonbauer, da ist das verständlich, haha.«

Ich spürte eine sich gefährlich schnell ausbreitende Wut in mir, die nicht zum Vorschein kommen durfte, das wusste ich.

»Also, Sie ermitteln verdeckt.«

Er drehte sich mit dem Rücken zu mir und schaute aus dem Fenster, er war wieder in seinem Film.

»Wir haben da etwas Konkretes im Auge. So ein besetztes Haus, alles Künstlerjungens und -mädels, so richtig Rock 'n' Roll, Rambazamba und keine Sorgen. Die sind irgendwie um das Gesetz drum rum, alles ein bisschen seltsam, hätte es gerne anders, aber wat will man machen, ne? Haha. Nein, lustig ist das ganz und gar nicht.

Diese Yuppis kommen auf jeden Fall anders über die Runden, als ein paar Bilder zu malen oder Saiten zu zupfen, da sind wir uns sicher. Wir kriegen da Informationen, woher, kann ich dir, Markus, mein Lieber ...«

Jetzt spielte er die erhabene Karte der Erfahrung aus, die nur noch mit einer sanften Berührung meiner Schulter plakativer gemacht werden konnte.

»... leider nicht verraten, die sind vertraulich, kommt von ganz da oben.«

In jeder anderen Situation hätte ich mir vorgenommen, auch mal irgendein Besitztum von ihm in der Mittagspause anzupinkeln, aber jetzt war ich am Zug, das spürte ich.

»Ihre Aufgabe ist es, dort zu leben, die nehmen viele auf, soll ganz einfach sein, sind so 'ne offene Multi-Kulti-Gemeinschaft. Und du gehst da rein, mit anderem Namen und gut ausgestattet von uns, alles safe, keine Sorge, lass dich nur nicht erwischen. Und wenn du was hast, kriegen wir das, und dann ist aber mal aus die Maus, haha! Konkretes gibt es in den nächsten Tagen, zunächst bräuchte ich lediglich Ihr Einverständnis, Markus.«

Ich überlegte nicht, es schoss geradezu aus mir heraus, völlig ungewöhnlich für mich, und dann an diesem Ort, in dieser Tätigkeit, musste am fehlenden Schreibtisch legen.

»Ja. Ja, ich bin dabei!«

Herr Sehmig fasste mir erneut auf die Schulter.

»Hach, Mensch, das freut mich, das wird groß! Also dann, morgen gibt es mehr, morgen dann wieder um sechs und, ach ja, bei all dem Trubel ...«

Er erhob sich von seinem Stuhl und kam auf mich zu, legte seine Hand diesmal fast auf meine Brust.

»Der Brief an Herrn Brückmann?«

»Bis morgen fertig«, versicherte ich und verließ sein Büro. Winzents Blick durchbohrte die Glasscheibe mit einer Strenge, die durchaus angebracht war – schließlich versetzte ich ihn aufgrund eines leblosen Gegenstandes. Und doch wandelte es sich schlagartig in ein warmes Grinsen, das keine weiteren Worte der Begrüßung forderte, wie von Zauberhand, nur weil ich es war, der ihm unbedacht und von Leichtigkeit benebelt entgegenlächelte, und ich stellte verwundert fest, wie einfach das gehen konnte.

Zum ersten Mal fühlte ich mich beschwingt auf dem Weg zu meinem Schreibtisch, aber auch in diesem Moment verinnerlichte ich mit jeder weiteren Überlegung, dass keinem in diesen Räumen getraut werden durfte und den ungewaschenen Fingern Herrn Sehmigs schon gar nicht.

All das, was seit Kindertagen bisher nur Traum, Wunschvorstellung war, als Fantasie existierte, wurde heute, vielleicht auch einfach nur heute, wahr – wenngleich nur in der Idee.

Die Treppen konnten kommen, die Kälte und Lisa, Lisa.

Es war ein anderes »Heimkommen«. Ein Auftrag, ein Paket und mehr als nur Kälte im Gepäck.

Das war etwas, etwas anderes. Wurde auch mal Zeit.

Es war tatsächlich ein anderes Heimkommen, berauscht von dem, was sein würde. Es ließ mich laufen.

Und ich dachte an meine jugendliche Theorie, dass Ereignisse in der eigenen Vorstellung das Auftreten veränderten. Heute Nacht sah ich aus wie ein verdammter Fernseh-Cop.

Denn so etwas legte sich ja auch auf die ganze Grundhaltung.

Die Butter aufs Brot, ab jetzt, so hatte es der Verkäufer gesagt.

Aber im Grunde konnte dieser Satz auch heißen: Sei mit einem Glück pro Tag zufrieden, denn wenn du es überreizt, wundere dich nicht, dass es dir versaut wird. Vielleicht meinte er auch das.

Diese dünnen Wände, sie hätten mich eigentlich warnen müssen, nur war ich zu angefixt von mir selber, der ich meinen Auftrag erledigt und ein Paket für sie hatte, und so hörte ich nichts, bis ich vor ihrer Tür stand.

Lautes Stöhnen.

Kein Anschein von Routine, kein ruhiges Halten zweier Körper.

Das war wild, das war neu.

Vielleicht war sie es gar nicht? Könnte es nicht auch diese Christina sein, die sich hier manchmal zum Herummachen einnistete, wenn Lisa nicht da war?

Ich wusste es nicht ganz genau, aber Christinas finanziell eher prekäre Situation kombiniert mit ihrer aufgegeilten Vorstellung von sich selbst als Bohème-Hoffnung der jungen Kunstszene fernab des Mainstreams, hätten dazu führen können, dass sie gar keine Wohnung besaß.

Aber nein, ich kannte diese Stimme. Es war Lisa. Sie stöhnte und keuchte viel lauter, als ich es von ihr kannte.

Meine Hände verselbstständigten sich und ich klopfte. Ich klopfte noch einmal, dass meine Finger schmerzten und ließ nicht einmal Raum für eine Reaktion, die mehrfaches Klopfen gerechtfertigt hätte.

Sie verstummte. Die Tür öffnete sich. Es ging schnell.

Hinter ihr sah ich, wie sich ein kurzhaariger und ziemlich groß gewachsener Mann duckte. Ich gab ihr das Paket, das war alles.

»Markus!«

Mehr hörte ich nicht.

Ich trampelte die Treppen herunter zur zweiten, dritten Tür.

Ich fühlte keine Kälte. Das Wochenende stand vor der Tür und die Straße war voll um diese Zeit, schon lange hatte ich sie nicht so belebt gesehen, ganz anders als zu der Zeit, zu der ich dieses Haus sonst verließ.

Es stank, so dass ich nicht an der Bushaltestelle hielt, sondern weiterlief, immer weiter, bis in den Park, der am Ende der Straße lag und dem ich sonst nie Beachtung schenkte, in meinen Gedanken an U-Bahn und Büro.

Doch jetzt lief ich weiter.

Und die Frage, die am meisten nervte, war die Frage danach, wo das Gesagte bleibt.

Das, was an dünnen Lippen zerschellt.

Und dass ich das nicht sagen konnte, dass das Ärgernis darüber größer schien als das Bild, das sich eben an ihrer Tür vor mir aufgetan hatte.

Dass ich nicht schreien konnte.

Nicht stampfen, nicht toben.

Das zeigte mir nur diese Gräben und die waren tief.

Wenigstens ließen sie nicht viele Möglichkeiten, zurückzukehren.

Sechs

»Da, da, sehen Sie, völlig irre, das sage ich Ihnen, schauen Sie sich das an! Daran erkennen Sie sie, da müssen Sie stehen, vorm Club, Montag in der Früh, und dann sagen Sie das, was ich Ihnen aufgeschrieben habe, das geht dann alles glatt! Glauben Sie mir.«

Herr Sehmig schaute mich beim Durchklicken der Powerpoint-Präsentation nicht an und steigerte sich bei allem, was er sagte, immer weiter hinein in seine gekünstelte Begeisterung, bis er von einem der Herren aus der Konferenzrunde, vielleicht von seinem Vorgesetzten, mit irgendeiner Frage unterbrochen wurde.

Ich hörte nicht zu, schaute kaum auf die Bilder, lediglich in das rosige Gesicht dieses Herrn Sehmigs. Wie konnte es so warm und vital aussehen? In diesem Raum herrschten höchstens acht Grad. Zumindest fühlte es sich für mich so an. Seit ein paar Stunden kletterte diese Kälte wieder in mir hoch. Ein paar Tage lang hatte sie mich in Ruhe gelassen, doch jetzt war sie wieder präsent, jetzt hatte sie mich wieder in ihrem Besitz und schaffte es, alles, was wichtig war, was Stellenwert hatte – im Alltag, im Tagesrhythmus oder im Leben allgemein – auf Distanz zu halten. Ich dachte an nichts anderes als den Weg, den ich vom Kommissariat nach Hause gehen musste. Zu Lisa konnte ich nicht, daran dachte ich auch, und an den anderen Weg, den zu ihr, der immer damit geendet hatte, in ihr schönes Gesicht zu sehen, das so viel hatte sagen wollen. Früher.

Mein Magen knurrte.

Herr Sehmig klickte weiterhin in rasendem Tempo durch die Präsentation und murmelte irgendwas.

Vielleicht rührte sein ganzes Echauffieren einfach auch daher, dass ich so gut wie keine Reaktion von mir gab. Wozu auch? Alles, was ich sah, waren junge Menschen mit ausgefallenen Frisuren. Leicht ungewöhnliches Umfeld, sie wirkten, als würden sie dem Selbstzerstörerischen hinterher eifern, dies aber auch genau wissen und daher unter Kontrolle haben. So wirkte es auf den Bildern – eine kleine Meute aus Mittzwanzigern mit Flicken auf den Jacken, alle mit demselben Emblem, mit langen oder kurzen Haaren, zwei Mädchen hatten einfach mal gar keine, ein Junge wiederum einen Zopf, der bis zur Hälfte seines Rückens reichte. Ein Foto zeigte die Gruppe als Ganzes, versammelt, über einem Stück Papier hockend, einige von ihnen schauten interessiert, zwei rauchten und einer deutete mit dem Finger auf irgendetwas.
»Meine Herren, schauen Sie sich das an, wahrscheinlich machen sie da gerade den Plan. Widert mich ja schon beim Hinschauen an. Na ja, wir wissen ja alle, dass nun bald damit Schluss sein wird, dann haben wir die endlich dran, dafür sorgt schließlich unser lieber Herr Silaw hier.«

Ich fühlte mich wie auf einem von Eliten überlaufenen Kulturevent oder auf einer Galaveranstaltung oder den Festlichkeiten eines Parteitags, jedenfalls sprach Herr Sehmig so.

Einen aus der Runde packte die Euphorie: »Das Ganze braucht ja nur zwei Tage, in zwei Tage wollen diese Kuffjucken da starten, aber nicht mit uns! Da gibt es dann eine schöne Rückhandschelle und zwar mit Großeinsatz, und das Beste: endlich mit Beweis, hurra! Auf Herrn Silaw!«

Jetzt stimmten alle ein: »Auf Herrn Silaw!«

Mein Herz klopfte, und dieses laute Schlagen in meiner Brust vermischte sich mit dem ablenkenden Ziehen, das mich zuvor an meinen Rippen frieren ließ, und wirkte berauschend, so dass ich etwas tat, womit keiner der Sitzenden gerechnet hatte, ich bewies, dass ich reden konnte, dass ich tatsächlich eigenständig handeln konnte.
»WORUM GEHT ES HIER ÜBERHAUPT?«

Schweigen. Dann schüttelte sich Herr Sehmig, so wie er es immer tat, um seine Fassung zurückzugewinnen, sein Gesicht wieder normal aussehen zu lassen und seine Hibbeligkeit, hervorgerufen durch den Überkonsum von Koffein, zu kaschieren.
»Ach so, ach so, gleich mit der Tür ins Haus, haha, na ja, aber das mögen wir ja an Ihnen! Also, diese Punks planen für Mittwochabend einen Überfall auf einen Schlachthof, ein wenig außerhalb der Stadt, warum, wie und wann genau wissen wir nicht, glau-

ben aber, dass da mehr dahintersteckt, Bewaffnung, Drogen, das ganze Programm! Sie kriegen das raus, schreiben alles auf, machen vielleicht ein, zwei Bilder, aber passen Sie auf, die teilen alles und – pardon – rammeln da alle wild durcheinander, sagt man, und BERICHTEN müssen Sie, hören Sie? BERICHTEN! Und dann hätten wir etwas in der Hand, um sie endlich dranzukriegen, verstehen Sie?« Jetzt wandte er sich wieder dem Rest der Gruppe zu und brachte die Altherrenatmosphäre erneut ins Rollen.

»Meine Herren, dann haben wir sie – pardon – an den EIERN!«

Applaus brandete auf und in fast schon berauschter Heiterkeit stellte Herr Sehmig dann die entscheidende Frage:

»Aaaach ja, aaaalso, Markus, Herr Silaw, Markus, trauen Sie sich das denn zu?«

Das Ganze klang seltsam, viel zu seltsam, und eigentlich hatte ich keine Ahnung, was mich erwarten würde. Vielleicht ging das doch nicht so sauber über die Bühne, wie er es mir hatte verkaufen wollen. Das würde zu unserem Büro passen, Träume bleiben Träume und wenn sich einer zu erfüllen scheint, dann war es schon mal die halbe Miete, sich mit der Illusion zufrieden zu geben, denn oft kam danach nicht mehr allzu viel.

Aber ich wäre endlich ein Ausführender, wenn auch ganz allein auf mich gestellt. Keine Schichten, keine Uhrzeiten, nicht länger dieser selbstauferlegte Drang, an einer immer fremder wirkenden Tür zu klingeln oder zu klopfen, um doch wieder morgens alleine zu sein.

Einfach mal das Brot selber schmieren oder so ähnlich, wie es der Verkäufer gesagt hatte!
Ich nickte.

»Ausgezeichnet!

Montag geht es los. Hier ist die Akte, hier Ihre Anleitung, bitte lesen Sie die gründlich, wir telefonieren dann vorher noch, am Sonntag, aber vor neunzehn Uhr, ab zwanzig fuffzehn ist Frauchenzeit, verstehen Sie? Haha!

Und jetzt fahren Sie erst einmal nach Hause, es ist ja schon Samstag, und nehmen Sie sich etwas Zeit für sich, das kann Ihnen nur guttun.«

Ich nickte. Genau das war das Problem.

Als ich am Sonntag rechtzeitig vor Herrn Sehmigs Frauchenzeit mit ihm telefonierte, bekam ich noch die Strategie aufgetragen, entworfen von verschiedenen Händen einer staatlichen Kraft, die den Auftrag hatte, Verbrechen aufzuklären, zudem autorisiert ist, Waffen zu tragen, und allgemein eine Größe im Schutz der Gesellschaft darstellt, so dachte zumindest der normale Bürger.

Der Plan war folgender: Im *Ché*, einem Club mit Publikum aus der linken Szene, auf die Personen achten, die die aufgenähten Embleme trugen, die ich bereits auf den Bildern gesehen hatte. Kontakt herstellen, Vertrauen gewinnen, versuchen mitzugehen. Sobald ich in der Gruppe aufgenommen war, sollte ich regelmäßig Bericht erstatten. Das Strategiepapier beschrieb die zu Beobachtenden wie eine fremde Spezies, von der man noch nicht wusste, welches Verhalten sie zeigen und wie sie auf Menschen reagieren würden. Doch sie hätten »gründlichst über das Zielobjekt recherchiert«, »da wäre was im Argen« und »jetzt sei auch mal Schluss, dranbekommen müssen wir sie«.

Ich hatte eine billig aussehende Sporttasche mit ein paar Wechselsachen bekommen, die so aussahen, als hätten die Kollegen zuvor die hintersten Zimmer eines alten Sozialkaufhauses gestürmt. Damit ausstaffiert war ich nun auf dem Weg zu einem Club, den ich nicht kannte, mit einem Leitfaden, den laut Herr Sehmig »einer unserer Rhetorikspezialisten« zusammengeschustert hatte. Das Einzige, wofür er mir jedoch diente, war zur Ablenkung, denn las ich die einzelnen Zeilen, konnte ich nur hoffen, nicht sofort abgestochen oder mindestens verprügelt zu werden. Da standen empfohlene Kontaktsätze wie »Habt ihr mal ne Kippe für 'nen roten Bruder« oder »Tach Genossen, wer trinkt was mit 'nem einsamen Partisanen?« und das war erst der Anfang.

Vielleicht hatten sie auch kleine Kameras versteckt. Bald war ja wieder Weihnachtsfeier, da wäre so ein kleines Video vom Kommissaranwärter Silaw sicherlich der Brüller, man würde sich zuprosten über meinen Kopf hinweg, mit ein paar »Aaaachjaaaa«s sein Lachen ausklingen lassen, den Rücken gegen das Polster lehnen und aus provisorischer Selbstrechtfertigung seinem Sitznachbarn erklären, warum man zum dritten Mal eine Miniaturausgabe des gesamten Buffets auf seinem Teller platzieren würde.

Und mit mir würde gelacht werden, über den »Auftrag« und dass »irgendwann ja mal was kommen würde, so was Richtiges«.

DA wäre die stets zu beachtende Vorsicht gefragt gewesen, die immer einen Begleiter darstellen sollte, wenn man in irgendeiner Weise mit dieser Arbeitsstelle in Kontakt kam.

»Markus, merk dir eins: Vorbereitung, Konzentration, Vorsicht«, hatte mir Herr Sehmig bei unserem Telefonat eingeflößt.

»Das A und O, sage ich Ihnen!«

Er hatte ja keine Ahnung, wie recht er hatte!

Der Club lag direkt neben einem S-Bahnhof und es herrschte Hochbetrieb. Der Auftrag stand. Die Idee, das Konzept, eigentlich war es ein Versuch, mehr nicht, aber es war mein Versuch und kein fremdes Produkt, nicht nur ein Paket, von mir abgeholt, aber mit einem fremden Namen darauf.

Die Buchstaben des Clubs schimmerten halb beleuchtet oberhalb des Eingangs und beleuchteten die Menge, die trotz der Kälte der Nacht, des frühen Morgens, wartend davorstand. Es dauerte einige Zeit, aber dann wurde ich eingelassen und fing an, mich in der tanzenden und trinkenden Menge umzusehen.

Schon nach kurzer Zeit entdeckte ich auf einem der vielen Rücken das viel besprochene Emblem, diese Illusion von Kontrolle über den Plan ließ mich gar nicht erst lange nachdenken und ich tippte dem jeansstoffbekleideten Rücken auf die Schulter.

Ein schwarzhaariger Lockenkopf mit Mütze und dicker Jeansjacke, auf dem das Emblem übergroß haftete, drehte sich um und fragte nuschelnd und angetrunken:

»Kann ich helfen?«

»Ja, ich ...«

Und dann ratterte ich diesen irren Leitfaden herunter, aber schon bei der Hälfte fiel er mir ins Wort.

»Ich versteh wirklich kein Wort, hier ist es viel zu laut, komm mit, oben ist es ruhiger«, schrie er mir zu und kam mir dabei so nah, dass einzelne Spucketropfen gegen meine Wange sprenkelten.

Ich folgte ihm in ein höheres Stockwerk.

Soweit ging es doch schon einmal voran.

Sieben

Das Einzige, was ich hörte, waren Seufzer und Kichern mehrerer Menschen. Ich schlief in der zweiten Etage, im Raum gleich rechts neben der Treppe, und wusste nicht, wie spät es war. Ich war einfach mit ihm mitgegangen, es war zu meiner eigenen Überraschung genauso gelaufen, wie Herr Sehmig es prophezeit hatte.

»Trinken müssen Sie, Markus, die saufen wie auf einer Klassenfahrt, aber ständig.«

Er hatte recht behalten, und das Trinken funktionierte auch ganz ohne diesen bescheuerten Leitfaden, mit dem hätte ich die ganze Aktion vergessen können.

Auch hier gab es dünne Wände, so dass ich während meines langsamen Erwachens dieses Kichern, diese Seufzer vernahm, ohne zu wissen, wo ich war oder bei wem. Ich erinnerte mich dunkel daran, dass dieser Junge, als Ralf hatte er sich mir vorgestellt, mich mitgenommen hatte. Wir hatten getrunken, reichlich, und die ganzen einstudierten Kommunikationseinstiege, »ob ich denn als waschechter Genosse bei ihnen unterkommen konnte« um »mal ordentlich mitzumischen, ein bisschen Rambazamba zu erleben«, so stand es wirklich in diesen Papieren, hatte ich überhaupt nicht gebraucht, er bot es mir selbst von sich aus an.

Es war schon reichlich spät bzw. früh, als wir den Club verließen. Ein Mädchen, ebenfalls in Jeansjacke mit Aufnäher, schloss sich uns an, weder hatte ich mir gemerkt, wie sie hieß, noch wie sie wirklich ausgesehen hatte. Blond auf jeden Fall, vielleicht auch ein dunkler Ton. Der Rest der Bande war vermutlich schon im Haus gewesen, doch auch daran oder an was auch immer dann geschehen war, erinnerte ich mich beim besten Willen nicht. Irgendwann wurde mir eine Tür geöffnet und ein Schlafplatz zugewiesen und ohne groß nachzufragen stolperte ich herein und schlief. Bis dieses Kichern durch die dünnen Holzwände sickerte.

Durch das Zimmer flogen diese staubig-krissligen Bällchen, die nur dann zu erkennen waren, wenn das Licht im genau richtigen Winkel darauf schien. Durch die vorhanglose kleine Luke eines Glasfensters brannte das Sonnenlicht direkt auf meine Stirn und der abperlende Schweiß weckte mich schließlich endgültig auf, dieses *Tropf, Tropf, Tropf*, sehr langsam, aber dennoch rhythmisch.

Mein Körper beschwerte sich zunächst nicht, trotz des Hungers, trotz der unangenehmen Klebrigkeit aus Straßenstaub und Schweiß auf meiner Haut. Er pulsierte und tropfte weiter.
Rhythmisch. In der Natur ist Rhythmus keine Kunst, die Natur ist ein Scheißpragmatiker, ein Erbsenzähler. Aber der Schweiß, der an mir haftete, ließ mich dann doch nicht ruhig liegen in diesem kleinen Zimmer, und der Staub und abgestandener Rauch brachten mich zum Husten.

Außerdem hörte ich jetzt verschiedene Stimmen, die ein aufgeregtes Tongewirr bildeten.

Dann ein paar zarte, leise, hörbar männliche Sätze, die ein Solo spielten. Lange Sätze mit Zäsur.

In meinem dehydrierten Zustand, hungernd und dem einzigen stumpfen Gedanken an etwas Essbares ausgesetzt, zwang ich mich dazu, mich nur auf das Atmen und Zuhören zu konzentrieren. Mit jeder Zäsur schnaufte ich und blies die aufgestaute Luft aus meiner Lunge. Das waren Pausen. Pausen und Luft.

Die männliche Stimme setzte wieder ein und wurde tatsächlich nicht ein einziges Mal unterbrochen. Dann übernahm eine andere, tiefere Stimme das Spiel. Erstaunlich. Es ähnelte einem Orchester.

Verdammt, war ich hungrig. Ich hatte keine Zeit dafür, dieses Stumpfe, dieses Ausgebremstsein durch ein jämmerliches Bedürfnis. Mein Körper gehörte nicht mir – ich gehörte ihm. Verdammt.

Drüben ging es jetzt richtig los.

Und ich verstand endlich auch einige Sätze: »Bist du verrückt geworden? Wen schleppst du da an? Wer weiß, was der hier sucht.«

Sie hatten mein vollstes Verständnis. Musste ich in diesen Sachen, mit den leicht zerzausten Haaren und dem apathischen Blick doch in etwa die Wirkung einer halbtoten Maus haben, von der Katze hereingeschleppt, einerseits Mitleid erregend, andererseits Ekel auslösend, und die Katze wurde eigentlich verflucht für diese Schweinerei.

Plötzlich hörte ich, wie eine Tür zugezogen wurde und die Stimmen erstickte.

Angst oder Sorge fühlte ich eigentlich nicht, wären ohnehin unterdrückt worden von Müdigkeit und Hunger.

So schmerzlich der auch war, er hielt mich wach und trieb mich an wie ein Kamerad, den man durchbringen musste.

Ich spürte nur ihn. Und nicht diese Angst. Wovor auch?

Jetzt würde sich zeigen, wie sie aufgestellt waren. Ob der Plan funktionieren würde oder ob sie mich rausschmeißen würden, zum Verrecken auf die Straße oder der Katze zum Fraß geben. Ich lehnte mich zurück, schloss die Augen, gestattete mir einen zögerlichen Gedanken an Lisas Augen und wartete, was geschehen würde.

Was anderes konnte ich ja doch nicht tun, steckten sie doch gerade in ihrer Beratung darüber, wie sie mit mir verbleiben sollten.

Andererseits sollte ich ja zumindest das Umfeld in Augenschein nehmen, bevor sie mich rauswarfen, denn das sollte ich beschreiben, die Gruppe und das Haus, so stand es in der Mappe, einen ersten Eindruck einfangen. Also stand ich leise auf und schlich aus dem Zimmer, sah mich ganz kurz um, und als ich weit und breit niemanden sah, lief ich auf Zehenspitzen die Treppe herunter ins Erdgeschoss, fing einen ersten Blick ein, denn dann brauchte ich nicht zu lügen, würde man mich fragen, ob ich mir das Haus auch wirklich angesehen hätte und schlich sofort wieder in das Zimmer.

Für den Bericht notierte ich innerlich: Kleines dreistöckiges Haus, Fachwerk, sehr ungewöhnlich für die Stadt.

Stimmen aus einem Nebenzimmer, Anzahl der Personen unbekannt, Inhalt ebenso. Sitze allein im bezogenen Zimmer.

Und das Warten hielt an und die Kälte begrüßte mich, offenbar um mir zu zeigen, dass die nächsten Tage ein wenig strapaziös werden könnten, denn trotz der kalten Jahreszeit war nirgendwo eine Heizung zu sehen.

Meine zukünftigen Kameraden diskutierten wahrscheinlich gerade, wie sie mit mir verbleiben würden.

Mir reichte es jetzt. Ich musste hinter diese Tür. Ich machte mich wieder auf den Weg ins Erdgeschoss.

Die Stimmen wurden wieder lauter und wiesen mir den Weg zum richtigen Zimmer. Ich streckte die Hand in Richtung Klinke aus, doch in diesem Augenblick öffnete sich die Tür von selbst und Ralf, der schwarze Lockenkopf, dessen Gesicht in diesem Moment noch blasser, fast gespenstisch wirkte als gestern Abend, stand vor mir, in der Hand mein Aufnahmegerät, mein Handy und meinen Block. Na toll. Schon in der ersten Nacht betrunken gemacht und gefilzt worden. Ein Meister der Tarnung.

»Erklär mir das mal. Jetzt gleich.«

Ich antwortete das erste, was mir in den Sinn kam.

»Ich bin Autor und recherchiere für meinen nächsten Roman!«

Verdammt, war ich gut!

Sein Gesicht hellte sich urplötzlich auf und er begann, zu grinsen. Das beruhigte ungemein.

»Ein Autor, Schriftsteller, großartig, dann komm mal mit.«

Nun gut, dachte ich, schließlich musste dieses Spiel ja auch irgendwann mal so richtig beginnen.

Auf den wenigen Möbeln und auf Kissen auf dem Boden hatten sich offenbar alle Hausbewohner niedergelassen, es waren so zwischen 15 und 20 Personen, so ganz genau konnte ich es nicht sofort erfassen.

Alle schwiegen und es schien, als wären sie durch mein Eintreten in eine Art Schockstarre gefallen.

Ralf schritt nach vorn, was dramatisch wirkte angesichts des fortwährenden Schweigens der anderen.

Sie sahen bunt, aber müde aus, ganz und gar ermattet. In den Ecken standen halb leere Wein- und Bierflaschen, nahezu jeder rauchte und immer noch sagte keiner ein Wort.

Ralf berührte meinen Rücken und ich wollte immer weniger hier sein. Aber weg wollte ich auch nicht, denn in all dem Rauch, der aufstieg, und dem Licht, das durch die alten Kreuzrahmen durchschien, wurde mir wärmer.

»Das ist ...«, Ralf beugte sich zu mir, »Wie heißt du nochmal?«

Ich hob für einen Moment meine Hand, nahm sie jedoch sofort wieder herunter, als ich merkte, dass das albern war und spulte meine vorher festgelegt Tarnidentität ab: »Frederic, Frederic Müller. Aus der Nähe von München. Bin nur auf der Durchreise.«

Ich bemühte mich, einen Hauch von französischem Dialekt in die Aussprache meines Namens zu setzen, es gelang mir aber nicht und ich spürte auch, dass ich meinen Auftritt hier nicht überreizen durfte.

»Ein Autor, wie ich herausfand! Hab ihn gestern mitgenommen, dit Herz schlägt links und er braucht ne Bude, hab ich ja gesagt, ach scheiße, ey.« Es hatte den Anschein, dass er selbst über das Gesagte lachen musste. Dann setzte er sich auf den freien Stuhl neben der Tür und zündete sich eine Zigarette an.

Irgendjemand lachte auch, ohne seine Mundwinkel zu bewegen, und erzeugte so nur einen missgünstigen Laut, der sich im letzten tiefen Zug seiner selbstgedrehten Zigarette im Aschenbecher auflöste.

Wieder Stille, wieder diese Ruhe. Ich wusste dabei nicht, was von mir nun erwartet wurde. Ich stellte beim besten Willen nicht das attraktivste Angebot eines neuen Mitbewohners da, wie ich da stand und an den Gesichtern der anderen vorbeistierte und trotz übergeworfenen Pullovers gedankenverloren an meinen Armen kratzte.

Ein anderer Typ rieb sich über das Gesicht, damit wurde diese Schockstarre endlich durchbrochen und jeder begann, sich zu regen. Schon sprang der erste auf mich zu und stellte sich vor, reichte mir dazu die Hand und zeigte dann mit in die Runde und feuerte ganze Salven von Namen ab, zu viele Namen, um sich auch nur einen richtig zu merken.

Ralf sprang ebenfalls auf. »Gut. Das hätten wir dann. Ich würd sagen, bevor wir hier irgendwie weitermachen, wird erstmal gefrühstückt.«

Endlich.

Acht

Ich realisierte nicht, wie viel Zeit verging, denn ich sah nicht auf die Uhr. Wozu auch?

Es hätte mir nichts gebracht, ich musste ohnehin bis morgen hierbleiben, da ich bisher nur einen recht spärlichen ersten Eindruck von der Gruppe und der Umgebung gewonnen hatte.

Und das Frühstück war reichhaltig.

Es gab verschiedenfarbige Brotaufstriche, die alle gleichsam intensiv und anregend schmeckten. Dazu leicht gebräuntes Brot, außerdem Salat und verschiedene Käsesorten, süße Konfitüren, sogar Kartoffeln, dazu Kakao und frisch gebrühten Kaffee.

Alle saßen in mehreren Sitzkreisen auf dem Boden und füllten sich einen Teller nach dem anderen. Sie hörten gar nicht mehr auf damit.

Ich beobachtete das bunte Treiben und machte sehr schnell zwei Personen aus, die das Geschehen irgendwie dominierten, gar nicht ihres Sprechanteils wegen, nein, man spürte es einfach.

Zum einen Emma, ein mittelgroßes, sehr bleiches Mädchen mit Augenringen und einem Lippenpiercing und einem tätowierten Vogel auf der Schulter, die alles, was sie sagte, mit ausufernder Gestik untermalte.

Und natürlich Ralf, der von einem Mädchen Ralfi genannt wurde und der er dann zugrinste. Er hatte mir meine Sachen zurückgegeben und saß nun dort in seinem Kreis und musste gar nichts Besonderes tun, er war hier einfach etwas Besonderes, und ich spürte, dass ihm in Zukunft meine meiste Aufmerksamkeit gelten musste.

Ralf schien mir jemand zu sein, der es selten für notwendig erachtete, einen Spiegel zu verlangen, nicht etwa weil sein Äußeres darauf schließen ließe, nein, alles, was er tat, tat er eben. Und er sagte, was er dachte, und woher dieses Denken kam, wusste er wahrscheinlich meist selbst nicht. Doch er baute darauf und scheute sich nicht, es preiszugeben. Was für ein Glück das doch sein konnte. Es ähnelte dem Klassenfahrtsszenario, in dem vor einer unergründeten und möglicherweise ungewöhnlich riechenden Badestelle eine Riege von Kindern steht und es einerseits die gibt, die einfach hereinspringen, weil die einfache Assoziation aus Wasser und Wärme ausreicht, und andererseits die, die sich genieren und »lieber ruhig machen« wollen und sich an den Rand setzen. Wer einen Sonnenschutz und/oder -schirm mit sich trug, war ohnehin außen vor und damit entschuldigt, für den Rest blieb jedoch Unbehagen übrig.

Ralf gehörte definitiv zu ersteren, die einfach in den See sprangen und am Ende von einem Riesen Spaß berichten konnten. Es gab zwar genügend Horrorgeschichten von Querschnittsgelähmten nach ähnlichen Abenteuerausflügen, aber das interessierte ihn nicht. Und Ralf lachte oft und er lachte gegen meinen fragenden Blick, gegen jegliche Gedankenverstrickung, die mich starr und nachdenklich in die Runde schauen ließ. Es kümmerte ihn nicht, vielleicht ließ er mich das auch nur nicht spüren, vielleicht dachte er doch mehr, als ich vermutete. Die Beschäftigung mit dieser Frage löste er zumindest aus und das zeigte doch schon einmal seine Wirkung.

Alle aus der Gruppe aßen sehr langsam und benutzten ihre teils vom Nikotin gelben Fingerkuppen dazu, die verschiedenen Gemüsesorten und die dazu passenden Gewürze und Dips zu probieren. Dabei schlossen sie fast andächtig die Augen und kauten in einer Langsamkeit, als müssten sie jedes einzelne Molekül für sich erfassen.

Eine weitere Person, dessen Namen ich beim besten Willen nicht herausfand, fiel mir ins Auge. Sie war still und hager und wirkte fast mitleiderregend, wie sie die Gesprächsflüsse der anderen über sich ergehen lassen musste, aber sie lächelte dabei, und sie schien die Worte der anderen einfach wie einen Film zu verfolgen, und dabei musste eben nichts gesagt werden.

Die Gespräche waren eher hektisch, was einen starken Kontrast zu ihrem Essverhalten bildete.
  Ständig wurde noch ein Schälchen gereicht und da noch ein Schluck von irgendetwas genommen. Aber schließlich sprang ein kleiner, auch etwas hagerer Junge auf und fummelte an etwas in der Ecke des Raumes herum.
  Offenbar wusste die Menge, was folgen würde, denn ein angeregtes »Hmmm« flog durch den Raum. Mu-

sik war zu hören, etwas stöhnend, kratzig, dazu eine Frauenstimme, der nächste Titel war nur Instrumentalmusik, und hin und wieder gab es ein paar lateinamerikanische Elemente. Das war der Stil.

Ich war zufrieden, endlich wieder einmal irgendetwas anderes wahrzunehmen als Hunger oder Kälte.
Ich weiß nicht, woran es wirklich lag, um ehrlich zu sein – mein Körper spielte, so schien es mir, seit geraumer Zeit schon sein eigenes Spiel, jedenfalls verstand ich ihn nicht recht. Doch ließ ich ihn seit meinem ersten Kontakt mit dieser Gruppe gewähren, vermutlich weil ich in der ganzen Überflutung der Eindrücke vergaß, ihn zu hinterfragen. So übernahm er das Steuer und wir fuhren gut. Dieser Gruppe war er, mit all seinen Gefühlen, die er sonst aussendete, offenbar wohlgesonnen, da war ich mir sicher, andernfalls hätte er es mich längst spüren lassen.

Keine Ödnis in irgendwelchen Straßenecken, U-Bahnschächten oder Büros, die ich vielleicht absichtlich so sehr aufsog und in jede Zelle leiten ließ, dass er gar nicht anders konnte als gekränkt gegen mich zu arbeiten.
Endlich Hunger spüren. Hunger als Drang zum Wachbleiben mit diesem plötzlich so brennenden Verlangen, Teil des Ganzen zu sein, Teil der Gruppe, Teil der Idee, die ich noch gar nicht kannte, aber verstehen wollte, und seit langem ergaben diese Verknüpfungen einen Sinn.

Die Wände, die Musik und die Ruhe bildeten einen deutlichen Kontrast zu der Umgebung, in der ich mich sonst in solchen Momenten befand. Blicke trafen aufeinander und zielten in ihrer Versiertheit auf Reaktionen, die fließend ineinander übergingen, alles schien konzentriert und von Sinn geprägt.

Ich brach etwas vom Brot ab, nahm wie automatisiert eine Schale aus irgendeiner Hand. Es fühlte sich richtig an. Keine seltsamen Gerüche, keine Hast. Das Ganze wirkte von der Leichtigkeit der Musik getragen und jeglicher Reiz, jegliche Anreihung von Geräuschen, die mich sonst umgaben, schienen aufgereiht vor einer unsichtbaren Blase zu warten.

Jeder Bissen schien ein Stück mehr von dieser unterschwellig und immer wartenden Kälte aus mir herauszudrängen.

Das alles zusammen erzeugte einen tranceartigen Zustand der Ruhe – fast schon seltsam, wie lange ich mich selbst nicht derartig hatte spüren können.

In diesem Augenblick vibrierte mein Handy, und als ich auf dem Display den Namen des Anrufers las, musste sich meine Gesichtsfarbe verändert haben, jedenfalls zog ich einige interessierte Blicke auf mich. Herr Sehmig. Natürlich unter Pseudonym abgespeichert.

Ich machte ein paar uneindeutige Handbewegungen, die verdeutlichen sollten, dass ich diesen dringenden Anruf leider annehmen müsste, so nach dem Motto »Mein Verleger, sorry, Leute!« und verließ den Raum.

»Silaw! Da sind Sie ja!«

»Herr Sehmig, Sie können mich doch nicht einfach anrufen, ich bin immer noch undercover und kann nicht ständig erreichbar sein.«

»Silaw, Sie sind doch gerade erreichbar.«

»Ja, aber ...«

»Seeehen Sie?«

Ich fühlte plötzlich wieder die Atmosphäre des Büros um mich.

»Ja, gut, was gibt es denn?«

»Wollen Sie mich eigentlich auf den Arm nehmen? Wir haben nicht viel Zeit, hören Sie? Ich brauche Fakten. Also, was ist da los, wie läuft es, Sind Sie drin?«

»Ich ...«

»Wie haben Sie sich denn bei denen eingeführt?«

»Ich ... Ich wurde vorgestellt, mehr oder weniger, ging so von selbst.«

»Na PRIMA!«

Seine Stimme wurde wieder lauter und zitterte dabei ein wenig, sodass mein Telefon vibrierte. Allmählich wurde mir klar, dass es bei dem ganzen Projekt nicht nur um »meine große Chance« ging.

»Und was passiert jetzt, wie muss ich mir diese ganze Bagage denn überhaupt vorstellen, nun reden Sie doch, Markus, Silaw, na, Sie wissen schon!«

»Ich ... Also ich ...«.

Es ärgerte mich, dass ich dieser Rage nichts Standfestes entgegenbringen konnte, Herr Sehmig schrie wie üblich wie ein Aufseher im Hochsicherheitstrakt, dabei war das hier mein Projekt und es schien auch noch gut zu laufen.

»Ich bin jetzt offiziell Schriftsteller, der hier recherchieren und ein paar Tage mit der Gruppe zusammenleben will. Natürlich außerdem ein Kompagnon, Genosse des linken Herzens sozusagen.«

Herr Sehmig pausierte in seiner Rage.

»Das ... Das ist brilliant, Silaw, das ist brilliant! Das kann man doch nutzen, herrlich! Ja, so machen Sie das, genau so! Pfeifen Sie erstmal auf diese ganzen langweiligen Hausbeschreibungen, sie schreiben erst einmal über die Personen, sagen Sie, Sie brauchen Inspiration, für so einen Enthüllungsroman, Tatsachen-Dings oder was weiß ich. Das ist doch was. Ich muss mich jetzt um diesen verdammten Schreibtisch kümmern. Wir hören uns. WIR HÖREN UNS! Auf Wiederhören, haha!«

»Ich ...«

Verdutzt nahm ich das Handy vom Ohr und schüttelte den Kopf. Herrn Sehmig und seine gesamte Art würde ich wohl nie wirklich verstehen können.

»Wer war denn das grad?«

Ich hörte eine weibliche Stimme hinter mir und erschrak, zeigte dies jedoch nur durch ein schnelles Zucken, das eher nach einem kurzen Tick aussah.

»Ach, mein Chef, Du weißt schon, die Deadline und so.«

»Ach so!«

Sie lächelte und biss sich dabei ein wenig auf die Unterlippe und ich sah ein Grübchen auf ihrer linken Seite des Mundes und kleine, vereinzelte Sommersprossen auf ihrer bleichen Haut, die der von Ralf stark ähnelte. Meine Antwort genügte ihr und sie verließ den Raum unter diesem Lächeln.

Es war Vorsicht geboten, die Butter musste langsam aufs Brot, wenn ich mit diesem Auftrag etwas ausrichten wollte gegen diesen miefigen Büroraum, den Wurstgeruch, das Lisa-Problem und nicht zuletzt Herrn Sehmig.

Neun

»Wir brauchen Tabak!«

»JAA, TABAK!«

Die Runde erwachte zum Leben.

Ja, Tabak wurde gebraucht, das stimmte. Genau wie Kaffee oder zur Not Schwarzer Tee sowie Alkohol natürlich und alle schwärmten aus, alles zusammenzutragen.

Mit vollen Händen kehrten sie kurz darauf zurück und verteilten sämtliche Tabakvorräte so, dass alle rauchen konnten.

Dann wurde es konkreter.

»Dann wird Frederic also heute Abend dabei sein?«, fragte ein Junge mit rotem Haar.

»Das habe ich mir gedacht, als ich ihn mitgenommen habe.«

Ich wartete darauf, dass irgendwer auf Ralfs Bemerkung reagieren würde. Nichts, bis auf ein paar Blicke des einen, der die ganze Zeit schon lediglich in die Runde schaute, ohne etwas zu sagen. So als wartete er auf einen speziellen Moment, um genau dann auch gehört zu werden, doch er kam nicht. Schweigen. Und ich saß auf meinem kleinen Hocker und spürte meine Knochen, wie sie auf das Holz drückten und mich eigentlich zwangen, aufzustehen. Aufstehen, einfach los. Aber das ging jetzt nicht.

So etwas tat man doch nicht, man spuckte so einen Satz nicht einfach achtlos aus, wie etwas Nichtiges, einen ekligen Tabakkrümel.

Wenn man schon von »heute Abend« und »dabei« sprach, dann war es doch wohl nicht zu viel verlangt, wenigstens zu sagen, worum es ging.

Doch eine Tugend, die mich dieser Haufen schon jetzt lehren wollte, war Geduld. Nun, das war nicht gerade meine Stärke.

Meine Knochen schmerzten noch mehr auf diesem rauen Holz des selbst gezimmerten Hockers, so dass ich schließlich doch aufsprang und rief:

»Wobei denn? Wobei denn dabei sein?«

Ich stand in der Mitte des Raums, der seit meinem Ausbruch so seltsam still geworden war, dass lediglich das kollektive Auspusten einzelner Rauchwolken zu hören war.

Aus dem hinteren Eck des Zimmers wurde plötzlich ein Lachen hörbar und ähnlich dem Rauch sammelte sich dieses Lachen und drang auf einmal durch den ganzen Raum.

Es kam von einem Sofa, auf dem zwei Jungs saßen, die wie Zwillinge aussahen und gleichzeitig zu sprechen begannen.

»Haha! Also – oh, entschuldige! Nein, beginn du ruhig. Also, ha, jetzt also, das erklären wir dir später noch, wir müssen eh noch warten, bis es dunkel wird.«

Der eine fuhr sich die ganze Zeit durch seine langen, dünnen glatten Haare, die über seine bleichen Schultern auf das weiße Unterhemd fielen. Der andere drehte sich eine weitere Zigarette.

Das war meine Gelegenheit.

»Okay, alles klar. Wisst Ihr, ich stecke gerade in so einer Misere, Schreibblockade, könnt ihr euch vielleicht vorstellen. Ich suche Inspiration, deshalb war ich auch in diesem Club, wo ich Ralf kennengelernt habe. Ich würde euch gerne einfach beobachten, 'n paar Eindrücke notieren und so, versteht ihr?«

Das Schweigen der anderen dauerte an. Ich stand immer noch und würde mich auch nicht hinsetzen, nur verstand das offenbar keiner.

Das Mädchen mit den Sommersprossen, das mich nach meinem Telefonat angesprochen hatte, erhob sich schließlich und gab mir auf einmal die Hand. Sie schwitzte, obwohl es nicht einmal warm war im Zimmer.

»Ich heiße Mia!«

Dann zeigte sie der Reihe nach auf die Personen im Zimmer.

»Das ist Michael, er ist vor einem Jahr hierhergekommen, er zeichnet.«

Dann zeigte sie auf die Zwillinge: »Das sind Kim und Jim, sie heißen nicht wirklich so, es klingt nur so schön gereimt, so wie ihre Gedichte, oh Mann!«

Jetzt lachte sie, ohne dass ihre Augen sich aufhellten.

»Jetzt mache ich aber grandiose Überleitungen.«

Die Zwillinge hoben gleichzeitig ihre Hände und winkten.

Dann deutete sie auf die zwei Mädchen, die rauchend neben dem rothaarigen Jungen hockten.

Die eine hieß Sarah und kam aus Berlin, sie hatte sich aber entschlossen, die Großstadt zu verlassen, und hier das Schreiben für sich entdeckt, genau wie Lena, das Mädchen zu ihrer Rechten. Ich glaubte mich zu erinnern, dass sie in der Nacht zuvor zusammen mit mir und Ralf den Club verlassen hatte. Diese Vorstellungsrunde ging weiter, bis ich erneut alle Namen gehört, aber fast keinen behalten hatte.

Dann meldete sich Michael zu Wort.

»Erst einmal brauchen wir Zeug für heute Abend, für die Party, die aus dem Süden kommen auch vorbei und da habe ich keine Lust, dass wieder alles auf den letzten Drücker passiert.«

Er richtete sich auf und wandte sich wieder den anderen zu.

»Frederic, du kommst erstmal mit mir. Du kannst uns später noch alle aushorchen, aber jetzt sollst du erstmal Dein neues Umfeld inspizieren, haha.«

Als wir aus dem Zimmer gehen wollten, berührte Emma, das Mädchen, das von Anfang an durch irgendeine noch nicht von mir entdeckte Eigenschaft aus diesem Haufen herauszustechen schien, kurz meinen Arm.

»He, du! Autor!«

Sie lachte mit einem gewissen ironischen Unterton, der mich sofort wieder zurückholte, nicht auf den Boden der Tatsache, wie es immer gesagt wurde, eher auf eine schiefe Fläche des Selbstzweifels, einfach nur durch ihre Stimme.

Was meinte sie damit, durchschaute sie mich? Eigentlich sagte sie nur drei Worte, aber man konnte ja nie wissen. Denn nach Kontrolle sah das hier ganz und gar nicht aus, eher nach einem verschrobenen Wirrwarr aus Ereignissen, die irgendwo hinführten, wohin auch immer. Auf dem Papier der Kommissare hatte alles sehr viel logischer und nachvollziehbarer ausgesehen.

Einen weiteren Gefühlsausbruch von Herrn Sehmig konnte ich jedenfalls beim besten Willen nicht gebrauchen.
»Ich würde gerne nachher mit dir reden, natürlich auch für dein Projekt, du verstehst?«
Ich nickte.
Na also, es war wenigstens keine völlige Reise ins Ungewisse.
Der mit glühender Kohle gepflasterte Weg zum Selbstglück.

Auf dem Weg nach draußen fühlte ich mich wie ein Mensch mit Metall im Körper auf dem Weg zu einer Flughafenkontrolle, wissend, dass Erklärungsbedarf bestehen würde, und dachte seitdem nur an Unannehmlichkeiten. Ich musste mich zusammenreißen, die Umstände machten die ganze Sache aber auch nicht einfacher.
Dieser Michael ging schweigend und mit gesenktem Kopf neben mir und ich redete ohnehin nicht gern viel, war außerdem schon wieder damit beschäftigt, irgendwie mit dieser Kälte umzugehen, die sich meiner sofort bemächtigt hatte.
Nachdem wir zwei Querstraßen passiert hatten, bogen wir in eine schmalere Gasse ein und stoppten dann

unter einem hellblauen Schild, auf dem »Simiti Eck« stand. Beim Eintreten erklang orientalische Musik und es roch nach diesem typischen Gemisch aus Hefe und Frittiertem, umrundet vom Duft nach Süßwaren.

Vor uns aber sahen wir ein in die Jahre gekommenes Ehepaar, dicht aneinandergedrängt standen sie hinter der Vitrine und blickten uns erwartungsvoll an.

In der Auslage lagen mit Rinderhack gefüllte Hefeteigtaschen, Weichkäse, Spinat, Tomaten. Sesamkringel, Simits, Baklava und in der Mikrowelle hinter ihnen wurde gerade etwas aufgewärmt, wahrscheinlich Börek.

An Plastiktischen mit Glasoberfläche und den darumstehenden Stühlen saßen zwischen gestapelten Pappbechern alte Männer, die rauchten und gestikulierten.

Als wir an die Theke traten, schien der Inhaber Michael zu erkennen. Er gab seiner Frau ein Zeichen und sie eilte zu den Männern an den Tischen, um Tee nachzuschenken.

Michael reichte ihrem Mann einen Zettel über den Tresen und erhielt einen Augenblick später eine Papiertüte. Ein Stück Papier lugte aus einem kleinen Loch am Boden des braunen Papiers heraus, das mich so vereinnahmte, dass die Gespräche um mich herum beinahe verzerrt klangen. Diese zerknitterte kleine Tüte, gerade groß genug für ein paar Brötchen, ließ in ihrer Undurchsichtigkeit so unangenehm offen, was sie versteckte. Dieses Grübeln strengte an, ließ mich das nun schnellere Klopfen meines Herzens hören.

»Haben Sie auch Süßstoff?«

»Klar.«

Hier gab es also alles, Gebäck, Süßstoff für den Kaffee und Geheimnisse.

Zehn

Es war verdammt kalt. In der Mitte des Zimmers wurden Decken ausgelegt, das beruhigte mich, wenngleich ich mich die ganze Zeit über fragte, was genau in dieser Tüte war – und alle in Vorfreude versetzte, weswegen sie auf ihren Kissen und Decken saßen wie eine Kindergartengruppe, die auf eine Geschichte ihres Erziehers wartet.

Ralf kam mit einem grauen Teller dazu, auf dem ein paar weiße kleine Flecken zu sehen waren, und verteilte den Inhalt der Bäckereitüte darauf:

Es waren kleine grünglänzende Klumpen.

Neben mir saß Emma auf einer großen Decke, musterte mich von oben bis unten und warf ein Stück Decke über meine Beine. Es fühlte sich gut an. Sie schaute abwechselnd zu mir und Ralf, der immer noch damit beschäftigt war, das grüne Zeug auf dem Teller zu arrangieren, und streifte mehrmals mein Knie.

Inzwischen stieg ein charakteristischer Duft im Zimmer auf und Ralf zog an einem bräunlich gefärbten bauchigen Ding, dessen Inhalt nach Mabihirs Gras roch.

Sarah war offenbar an der Reihe und umschloss den Joint mit ihrer kleinen Hand und gab ihn nach zwei hektischen Zügen weiter, so dass er bald mich erreichte – Emma schaute mich an.

»Ist besser so, glaub mir, und nein, es ist nicht gesund, es hilft aber ein bisschen gegen das unproduktive Nachdenken, wenn du verstehst, was ich meine.«

Ich verstand es nicht, sah ihr aber dabei zu, wie sie die Augen schloss und daran zog, und machte es ihr nach. Es war eine Bewegung, ein Ablauf, ich wollte ihn nicht unterbrechen.

Ich konnte auch nicht nachvollziehen, wer hier produktiv war in dieser Runde. Es wurde bereits Nacht und es entstand nichts außer Rauch und noch dickerer Rauch.

»Es wird Zeit, bald kommen auch die anderen, in ungefähr eineinhalb Stunden oder so«, nuschelte Ralf, den dichten Rauch auspustend. Er nahm sich selber auch eine Kugel, schluckte sie herunter und grinste. »Auf M!«

»Wer zum Teufel ist M?«, fragte ich.

Er grinste.

»Alles und einer, Mann, mehr musste nicht wissen.«

In diesem Moment vibrierte es erneut in meiner Hosentasche.

Sehmig! Dieser Soziopath!

Kanonenfutter bin ich, verdammtes Kanonenfutter, dachte ich und antwortete in einem für mich hörbar unfreundlichen Ton, den er gar nicht als solchen bemerken würde, denn das war der Trick dabei, geschah es doch nur zu meinem eigenen Vergnügen:

»Hallo?«

»Silaw, Markus, sind Sie das?«
»Ja?«
»Warum melden Sie sich nicht, Sie ...«
Er bemühte sich die Fassung zu behalten, am Hörer konnte er nicht viel ausrichten und ich war mir sicher, dass das an ihm nagte, dieser Kontrollverlust. Nach zwei lauten Atemzügen fuhr er mit zittriger Stimme fort.

»Hören Sie, berichten sollen Sie, berichten, darum sind Sie vor Ort, Markus, wissen Sie eigentlich, was auf dem Spiel steht?«

»Nun ja, um ehrlich zu sein ... Nein, eigentlich nicht.«

Herr Sehmig stockte. »Nun darum geht es auch gar nicht. Jetzt sagen Sie doch mal, was Sie gerade machen, dann übernehme ich die Notizen fürs erste, Sie lernen ja noch, Markus.«

In meinem Rachen ballte sich ein Klumpen Wut zusammen und ich bekam ihn nur herunter, indem ich daran dachte, dass es zum ersten Mal Herr Sehmig war, der sich um meine Aufgaben kümmerte, um den täglichen unangenehmen Rest, der für eine saubere Arbeit eben zu erledigen war. Jetzt musste wohl oder übel Herr Sehmig selber ran, wenn er sein Ergebnis haben wollte.

Ich verließ den Raum und stellte mich kurz draußen vor das Haus. Ich holte ziemlich weit aus in meinen Beschreibungen, nur um das hastige Kritzeln auf seinem Notizblock zu hören, seine zwischendurch ertönenden Aufseufzer befeuerten mich, noch mehr und noch enthusiastischer zu berichten, und wenn er um eine Pause bat, um weiter mitschreiben zu können, musste ich grinsen. Was für ein Spaß! Und zum ersten

Mal kam mir der Gedanke, dass Herr Sehmig vielleicht gar nicht verrückt war, sondern einfach nur ein sadistisches Schwein, das Freude am Schlafentzug seiner Mitarbeiter hatte, das es lustig fand, mit ungewaschenen Händen auf ihre Dokumente zu fassen, und sich darüber amüsierte, dass irgendein Jonas auf seine biederen Komplimente über einen ausgefüllten Antrag abfuhr. Obwohl das wahrscheinlich alles zusammenhing, war er zudem bestimmt auch ein gestörter Mann.

Als ich fertig war, hörte ich noch sein Resumeé: »Auffällig starke Lärmbelästigung, illegale Substanzen, vermutlicher Handel ... Danke, Silaw, ich rufe Sie dann morgen wieder an! Und dann sind Sie erreichbar, Wiederhören.«

»Ganz schön später Anruf für 'n obdachlosen Schriftsteller.«
Aus der Zimmerecke kam, nein, torkelte Michael auf mich zu, bis er nah genug war, um mir den Duft seines Weinatems ins Gesicht zu blasen.
In seinen Augen war dieses Verworrene, ein Spiel aus verschiedenen Facetten, die bei genauerem Hinsehen immer prägnanter wurden und einen völlig einnehmen konnten.
Jedenfalls nahmen sich mich völlig ein, so sehr ich mich auch versuchte zu konzentrieren. Es war unvorhersehbar, was sie aussagen sollten.
Das war die List. Diese gezwungene Abhängigkeit, um nicht völlig die Kontrolle über mein Umfeld zu verlieren, musste ich es einschätzen können, mich also mit den Akteuren auseinandersetzen und mit den Unberechenbaren besonders. Ich fragte mich wirklich, ob

er wusste, dass er diese Fähigkeit besaß – jedenfalls hatte sie ihren Einfluss, das musste er doch spüren.

Viel unangenehmer war sein mögliches Verlangen nach dieser eigenen Ausstrahlung.

»Ja, ein alter Freund, ihm geht es nicht so gut.«
»Ja, ja ... Und das war wirklich ein Freund, oder verarsch... Pardon, fluchen soll man ja nicht. Veralberst du mich?«, fragte er lallend.
»Nein, nein.«
»Denn wenn mich jemand verarscht ...«
Er pausierte, um noch näher an mich heranzutreten.
»Dann gehe ich bis zum Äußersten.«
Er formte seinen Daumen, Zeige- und Mittelfinger zu einer Pistole und hielt sie mir an den Kopf.
»Peng!«
Für einen Moment herrschte eine viel zu zäh verlaufende Zeitspanne der Stille, dann brach er in ein irre klingendes Gelächter aus, klopfte mir auf die Schulter und verließ den Raum mit seiner Weinflasche.

Ich musste aufpassen.

Emma legte erneut ihre Hand auf meinen Arm, sie berührte mich ziemlich oft.

Seit Tagen hatte mich niemand mehr angefasst. Als dieser halbnackte Mann hinter Lisa noch diesen Blick gehabt hatte aus Sehnsucht und Nähe, war ich vor Eifersucht beinahe geplatzt. Das war das Einzige, was mich in diesen ersten Sekunden beschäftig hatte, als sie die Tür öffnete. Schon verrückt. Aber dieses Gefühl, die Vorstellung, unsere Sehnsucht nach Nähe – das trieb an.

»Haben wir noch was von M?«
»Vielleicht bei Ralf?«
Der winkte ab.

Ich musste unbedingt erfahren, was es mit diesem M auf sich hatte, das musste mein nächstes Ziel sein.

Ich hatte mich in meinem Zimmer einquartiert, wie spät es war, wusste ich nicht. Wieder dünne Wände. Aus den Zimmern nebenan hörte ich noch ungefähr vier andere Personen, das war der Beat dieser Nacht. Ich lag allein im Bett und irgendwo lagen Menschen übereinander, wechselnd, es war ihnen egal. Sie taten es einfach.

Diese verdammte Kälte!

Das war das Schlimmste, wie sie mir einfach nicht aus den Beinen kroch, ich lag zusammengekauert auf der Matratze mit dieser Kälte über mir.

Wie ein Judokämpfer, der einen ganz und gar fiesen Trick, einen Griff an mir ausführte, und ich hatte keine Ahnung, wie ich da herauskommen konnte. Ich suchte nach etwas, das ich mir noch überwerfen konnte, fand aber nichts. Und so rieb und rieb ich meine schon spröde Haut und für einen Moment war es, als wäre Wärme aufgekommen, doch war sie schon im nächsten Moment dahin.

An Schlaf war nicht zu denken. Was sollte ich nun anfangen? Unter mir kämpften Frostschübe, die sich wie kleine Stiche anfühlten, auf frierendem Gewebe, und mein Verstand war wie in Trance. Plötzlich war alles egal, bis auf dieses Gefühl.

Eine Hand tippte auf mein Knie.

In der Dunkelheit konnte ich ein breites Grinsen erkennen.

Die Haut war so bleich, hell, fast leuchtend, so sehr, dass nur ein kleines Stück Bleiche fehlte, um die vereinzelten Sommersprossen oberhalb der Grübchen wahrzunehmen. Emma. Ihr Lippenpiercing blitzte im Mondlicht auf und man war geradezu gezwungen, hinzuschauen und sie zu betrachten, und schon hing man fest. Doch in diesem Moment war es dunkel und ich fühlte, wie ihrem einzelnen klopfenden Finger weitere folgten.

»Hast du schon geschlafen?«

»Nein, ich …«

»Ist schon gut, die Party war sich nicht ganz einig, wurde bockig und hat sich getrennt.«

Sie lachte.

Am meisten verblüffte mich diese Klarheit in ihren Augen, wenn sie mich ansah, wenn sie nach gesagten Sätzen Gesten folgen ließ, die in ihrer Klarheit Sinn aufzeigten und mir dadurch ein Gefühl der Sicherheit gaben. Sie war wirklich bei mir in diesem Moment, und nirgendwo anders. In keiner Idee, an keinem Schreibtisch und an keinem zu erreichenden Ort.

»Woran arbeitest du, Frederic, Autor?«

Es war verrückt, wie einfach mein Körper funktionierte, was für ein simpler Haufen aus Fleisch, Organen und Geweben er doch eigentlich war. Unter den leichten Berührungen von Emmas Fingern, dem Klopfen auf meiner Kniescheibe und dem leichten Kratzen ihrer Fingernägel spürte ich verstärktes Herzklopfen, plötzliche Aufmerksamkeit und erhöhte Wärme.

Letztlich war man auch nur ein Zellhaufen von der gleichen Gattung wie der Rest, in gegenseitiger Anziehung und Abstoßung, Biochemie war das alles, sonst nichts.

Ich fasse mich.

»Na ja, es läuft eben nicht so.«
Damit hatte ich nicht einmal gelogen und musste darüber für einen Moment leicht grinsen.
»Aber ich bin ja hier, um Inspiration zu sammeln, kommen wir also lieber zu dir.«
Gedankenverloren legte ich meine Hand auf ihr Knie, sie schaute jedoch gar nicht erst zu mir und lachte.
»Zu mir?«
»Ja, wieso bist du eigentlich hier? Und wie kam es eigentlich zu dieser Combo hier? Ich meine, so etwas entsteht doch nicht einfach so und wächst aus dem Boden wie ein Pilz, der plötzlich einfach da ist!«

»Oho, schon investigativer Journalist, kleiner Spion, was?«
Ich lachte hektisch, fast ein wenig zu laut.

»Um ehrlich zu sein, ich weiß nicht, wie das Ganze hier begonnen hat, ich hab Ralf auf einer Feier kennengelernt. Wir kamen ins Gespräch, ich hatte Stunk mit meinen Mitbewohnerinnen und musste da raus. Und hier war eben Platz und, was soll ich sagen, es ist schon geil. Du wachst auf, weißt, dass dieses Haus einfach dir gehört, und ich hab nie nach den Umständen gefragt, weil es auch nie irgendwen interessiert hat, was mit mir ist, das ließ mich ein Stück an Freiheit glauben. Und ich war seit langem nicht mehr – jetzt wird es pathetisch, pass auf – allein in meinem Kopf, ich hatte Raum zum Malen, kann düster oder heiter sein, und ich plane mit den Jungs unsere Aktionen, denn das haben wir uns geschworen, das ist unsere Miete, unser Widerstand. Missionierung des Umfelds, zumindest der Versuch, zu zeigen, wie paradiesisch die Welt in ihrem ganzen Dunst aus Dreck, Stress und Smog sein kann.«

»Und das neue Projekt, was geht da ab?«

Sie lachte auf, laut sogar, blickte dabei zur Decke und machte dabei fast einen höhnischen Eindruck.

»Das wirst du schon früh genug erfahren, kleiner Baudelaire.«

Dann streifte ihre Hand meinen rechten Arm – zunächst nur ganz sacht, beinahe einem Versehen gleich, jedoch richtete sie sich auf einmal ganz gerade vor mir auf und nahm mich in den Arm, während ihre Hände meine Wirbelsäule langsam auf- und abfuhren.

In ihren Berührungen steckte mehr. Mehr als ich es gewohnt war, der Impuls, den jedes Abtasten, jedes Ergründen meiner Haut mit sich brachte, hatte etwas Neugieriges.

Sie küsste mich auf die Stirn und verließ das Zimmer, ließ mich zurück, wach, für Stunden.

Meine Gedanken trommelten noch ziemlich laut gegen meine Schläfen. Es ist erstaunlich, dachte ich, da gibt es versteckt, kaum auffallend, einen kleinen Huckel auf einer geradlinig verlaufenden, sauber asphaltierten Straße. Eigentlich ist er kaum zu bemerken und könnte unbeachtet fortwähren. Doch irgendwann bekommt irgendwer Angst und beschließt, diesen Huckel zu verteufeln, und anstatt seine Energie für irgendetwas Sinnvolles, Vorantreibendes zu nutzen, wird sich fortan über diesen Huckel beschwert.

Nur weil man die gerade Straße gewohnt war, sie einen sicher führte, man auf ihr Fahren lernte.

Irgendwann entstehen Mythen und Ideen, woher dieser Huckel kam, und alles hat einen düsteren Beigeschmack in der Idee darum, das war am einfachsten herzuleiten, denn er stört ja.

Ich war nie über diesen Huckel gefahren, Herr Sehmig und der Rest des Kommissariats in ihren ganzen verdammten Ermittlungen auch nicht, doch die Idee des Gefühls beim Darüberfahren, der Anblick auf ihrem sonst so gerade verlaufenden Straßenprofil, störte sie.

Ich war verdammt nochmal nie über so einen Huckel gefahren, was wusste ich schon?

Elf

Meine Augen öffneten sich und ich sah und fühlte Hände. Hände vor meinem Gesicht, hinter meinem Kopf und an meinen Beinen. Ich spürte jeden Finger.

Zwei von ihnen tasteten mit spitzen Nägeln an den Händen mein Gesicht ab.

Dazu Gelächter und wieder Hände, die jetzt ihre einzelnen Finger gegen meinen Hals drückten, und mit jedem Druck verstärkte sich das Gelächter. Ich hatte irgendwann einmal gehört, dass im Traum kein Schmerz empfunden werden konnte. Dass ich träumte, war also ausgeschlossen, das hier war echt.

Dieser kranke Haufen.

Lange hatten sie nicht gebraucht. Zwei verdammte Nächte hatte ich es nur ausgehalten und schon wurde es zappenduster.

In diesem Moment ließ der Druck auf meine Kehle nach, aber bevor sich Erleichterung in mir breitmachen konnte, wurde mir ein Sack oder etwas Ähnliches übergestülpt und jemand packte mich, warf mich über seine Schulter und trug mich zu einem Auto. Sie verfrachteten mich auf den Rücksitz, der Motor wurde angelassen, jemand stieg vorn neben dem Fahrer ein, und schon ging es los. Da niemand neben mir im

Fond des Wagens saß und meine Verhüllung mir einen kleinen Spalt zum Schmulen freiließ, gelang es mir tatsächlich, ein kurzes »Hilfe, ich werde verschleppt« in mein Handy zu tippen und diese Nachricht an Herrn Sehmig abzuschicken, der vermutlich gerade seine siebte Tasse Kaffee schlürfte und vom Stuhl fallen würde, wenn er das sah.

Wir fuhren und dieses Mal hatte die Kälte allen Grund, mich heimzusuchen, ich verurteilte sie nicht einmal dafür. Jetzt hatte ich wenigstens einmal echte Probleme und gute Gründe für meine Angst, denn wer wusste schon, wozu ein Michael nach ein paar Kügelchen von »M« so im Stande war.

Irgendwann stoppte das Auto und ich wurde wieder herausgezerrt und offenbar, wie ich anhand der Veränderungen der Umgebungstemperatur feststellen konnte, wieder in das Innere einer Wohnung oder eines Hauses getragen. Dort riss man mir die Kapuze ab und vor Angst zitternd erblickte ich – die Gruppe und das Planungszimmer im Erdgeschoss!

»Willkommen bei deinem Initiationsritual, bei dem sich herausstellt, ob du bei uns willkommen bist, verstehst du?«, sagte Kim und Jim fuchtelte dazu mit seinen Armen herum, als müsse er einem Taubstummen die Regeln erklären.

Ich verstand natürlich nichts. Wie immer musste alles in einer Art Rätselsprache beschrieben werden. Darauf fuhr anscheinend jeder irgendwie ab, überall gab es nur kleine Häppchen an Informationen, »wird sich schon alles zeigen«. Und jetzt stand ich hier, in einem Kreis voller Irrer, und sollte diesem abgedrehten Ritual beiwohnen. Das deutete auf alles hin, aber sicher nicht auf Klarheit. Trotzdem war ich froh, unversehrt und heil davongekommen zu sein. Fürs Erste zumindest.

Emma war es, die mich für einen Moment erlöste.

»Das machen wir mit jedem Neuen so, bei mir hat das angefangen, Kim und Jim hatten irgendwann einmal die Idee dazu und, na ja ... irgendwie fanden wir's dann ganz lustig.«

Ich fing an, zu lachen.

Ich lachte so laut, dass die anderen mit einfielen, und ich lachte immer noch, als sie verstummten. Ich konnte gar nicht mehr aufhören, zu lachen, lachte, bis mein Brustkorb schmerzte. Vielleicht war es vor Erleichterung, vielleicht aber auch aus Verzweiflung.

In jedem Fall waren sie noch nicht fertig mit mir, dass begriff ich, als sie mich erneut packten und wieder herauszerrten.

»Und jetzt da rein.«

Vor uns lag ein halb zugefrorener See und meine Augen schauten abwechselnd zu den kleinen Eisklumpen, die an der Oberfläche wie durchsichtige Miniaturbojen schwammen, und zu Michael, der seinen Arm auf das Wasser deutend ausgestreckt hielt und diesen offenbar erst herunternehmen würde, wenn ich dem Befehl nachgekommen war.

Als ich einen Moment zu lange nachdachte, ergriff mich eine Hand und wenig später schien es so, als würde jede einzelne meiner Poren in einem hundertfachen Ausmaß stechen, als würde mein Körper in ein Beet aus Nadeln stürzen, und doch konnte ich keinen

Schmerz fühlen, es war wie ein elektrisierender, belebender Schock, sekundenlang. Emma. Verdammt.

Dieser schmerzlose Zustand währte leider auch nicht lange, so gern hatte mein Körper mich dann offenbar doch nicht, im Gegenteil, er zahlte mir meine Provokation mit ungeheuren Schmerzen und brennenden Stichen zurück. Ich mied Wasser, schon immer. Irgendwann, noch vor meiner Jugend, entwickelte sich in meinem Inneren von selbst eine Ablehnung, die mit der zunehmenden und lästig oft beklagten Angst vor Kälte zu einer wahren Aversion gedieh.

Jetzt bin ich drin, dachte ich, dann wurde mir schwarz vor Augen. Das letzte, was ich spürte, waren starke Arme, die mich ergriffen und meinen Körper aus dem Eiswasser zogen.

Ein Moment des Friedens.

Zwölf

Als ich wieder zu mir kam, lag ich auf einer Matratze, unter einem Berg von Wolldecken und dazu splitternackt. Erstaunlicherweise war mir nicht kalt. Irgendwie fühlte ich nur ein Hochgefühl, weil ich diese Prozedur durchgestanden hatte. Neben mir saß Emma und reichte mir, als sie sah, dass ich wach war, eine Tasse heiße, duftende Fleischbrühe. Ich hatte nie etwas Köstlicheres gerochen oder geschmeckt. Für einen Moment lang war alles einfach gut. Ich war warm, ich war nicht hungrig, und ich war nicht allein. Aber wie üblich grätschte mir das Schicksal dazwischen, in diesem Fall in Gestalt von Michael, der wie von der Tarantel gestochen ins Zimmer geschossen kam.

Er war feuerrot im Gesicht und völlig außer Atem. Bevor irgendjemand reagieren konnte, zog er schnell alle Aufmerksamkeit auf sich, indem er die Hand hob, und als alle ihn ansahen, haute er die Neuigkeit heraus:

»Also, ich war ja gerade beim Türken, ja, der hat einen richtigen Namen, ich weiß, kommt mir jetzt nicht wieder mit der Scheiße. Oh Mann, bin ich fertig, ich muss

mal wieder ne Runde laufen gehen, ich sag's euch ...
Na ja, jedenfalls ...«

Er machte eine Pause. Diese Pausen, die waren immer beabsichtigt, keiner musste wirklich so lange überlegen, wie genau etwas zu sagen war, sofern er nicht extrem dement oder in einem drastisch akuten Schockzustand war.

»Die Schmidts sind verreist!«

Allgemeine Euphorie.

Anscheinend war dies ein gutes Zeichen, so meine Analyse als Verhaltensforscher. Emma sprang sofort auf und verließ das Zimmer, gefolgt von fast allen anderen. Lediglich Sarah blieb sitzen und nahm sich die Zeit, mir alles zu erklären.

Die Schmidts bestanden aus einer zumindest nach außen gefestigt wirkenden Beziehung aus Mann und Frau, dazu zwei Kinder. Es war nichts Erwähnenswertes an ihnen bis auf eine Sache: An ihr Grundstück grenzte eine alte Mauer, ziemlich heruntergekommen und durchlöchert von Weltkriegsmunition.

Frau Schmidt hatte schon unzählige Male versucht, durch mehrere Beschwerden dieses »Schundbild«, wie sie es nannte, entfernen zu lassen, doch dank des lokalen Ausschusses für Denkmalschutz würden ihre Tomaten nie das von ihr gewünschte Licht erfahren.

Die Abneigung, die sie dieser Mauer entgegenbrachte, hinderte sie aber keineswegs daran, mit Argusaugen über deren Unversehrtheit zu wachen. Als einmal ein paar Kids versucht hatten, ihre neuen Spraydosen dort auszuprobieren, dauerte es nicht einmal eine

Minute, bis die Polizei dort eintraf, selbst erstaunt über die wahre Nichtigkeit dieser Straftat, hatte Frau Schmidt doch bei ihrem Anruf deutlich schlimmeren zu erwartenden Vandalismus beschrieben.

Mit anderen Worten: Frau Schmidts permanente Wachsamkeit hatte bisher dem ureigenen Interesse der Gruppe an dieser Mauer im Wege gestanden. Bis heute. Innerhalb von wenigen Minuten nach Verkündung der freudigen Botschaft waren alle angezogen, startklar und wirkten dabei wie ein Rebellentrupp, die Spraydosen als Waffen in den Jackentaschen verstaut.

Kim rief noch: »Irgendwer muss aber auf die Bullen achten.«

Jeder tippte sich sofort auf die Nase, nur ich nicht, was offenbar bedeutete, dass ich dieses Spiel verloren hatte und »Schmiere stehen« musste.

Ich ließ mich treiben. Eine andere Wahl hatte ich sowieso nicht, wenn ich vielleicht doch noch irgendwie in dieser Gruppe ankommen wollte. Und irgendwie fühlte es sich auch richtig an. Es würde gehen.

Diese Gewissheit durfte nicht hinterfragt werden, mein Verstand hat seinen Job und in seiner Spontanität konnte ich ihm das Steuer ruhig einmal überlassen, unterwegs zu sein war auf jeden Fall besser, als zwischen Kissen und Decken einfach sitzenzubleiben. Ich zog mich also an und ging mit ihnen los.

»Silaw!«
»Herr Sehmig!«

Ich stand in ausreichender Entfernung zum Rest der Truppe am anderen Ende der Straße und konnte von dort aus sehen, wie jeder von ihnen mit einer anderen Farbe ein mit einer Schablone aufgesprühtes M ausmalte.

»Sagen Sie mal, sind Sie verrückt geworden, mir so einen Schrecken einzujagen? Haben sich die Dinge jetzt geklärt?«

Dafür, dass ich ihm vor ein paar Stunden eigentlich suggeriert hatte, in Lebensgefahr zu stecken, reagierte er doch eher unbeteiligt.

»Ja, es handelte sich nur um ein Missverständnis«, antwortete ich monoton.

»Sagen Sie mal, nehmen, Sie etwa auch was von den Drogen dieser Kuffjucken, Markus?«

»Nein, nein, die haben mir lediglich einen Streich gespielt, Herr Sehmig.«

»Streich, na fein. Hören Sie, wir haben weiß Gott keine Zeit und …«

Er machte eine Pause und ich konnte hören, wie er kaute, schmatzte und irgendetwas, das durch sein hastiges Essen scheinbar in seiner Speiseröhre steckte, hinunterwürgte. Mit Sicherheit hatte ihm Jonas zuvor eine seiner Salamibomben geschenkt.

»Wir haben keine Zeit für Streiche, ich brauche Ergebnisse«, fuhr er schmatzend fort.

»Ja …«

»Liefern Sie endlich! Und sagen Sie mal, Silaw, die Anträge aus dem Ordner KW 50, die haben Sie mir aber schon abgegeben, oder?«

»Ja, Herr Sehmig.«

»Aalles klaar, auf wieederhö…«

Ich legte auf und sah die anderen auf mich zu laufen. Schnell zogen sie mich zwei Straßen weiter, aber bevor wir außer Sichtweite gelangten, drehte ich mich nochmal um und warf einen letzten Blick auf das Ergebnis der Aktion.

Der Euphorie nach, die im Haus geherrscht hatte, war mindestens davon auszugehen gewesen, sie würden ein ausstellungswürdiges Großportrait oder etwas ähnlich Bombastisches vollführen. Nein, es waren nur mehrere große »M«, ausgemalt in allen Farben des Regenbogens.

Die waren doch alle irre, auf jeden Fall.

Doch sie waren so erregt von der ganzen Sache, bebten vor Freude und Aufregung, das war irgendwie frisch, süß, das berauschte. Diese Begeisterung färbte auf mich ab.

Michael begann, irgendein Lied zu summen, fast alle kannten es und fingen an, zu singen. Wer nicht singen wollte, pfiff mit oder nickte im Takt mit dem Kopf, das war der Sound, mit dem diese Aktion gefeiert wurde. Und sie kosteten die Begeisterung aus. Und sie schmeckte gut. Sie schmeckte wirklich gut an diesem frühen Abend.

Als ich mich unter einem Vorwand kurz zurückfallen ließ, schrieb ich in eine SMS an das Kommissariat: »Keine Neuigkeiten. Gleicher Ablauf. Irgendetwas in Vorbereitung.«

Wieder fühlte ich meine Hände, sie waren schon immer sehr empfindlich und reagierten auf den ständigen Wechsel zwischen heiß und kalt, trockener Luft und verrauchten feuchten Zimmern, seit ich hier war.

Längst waren es nicht mehr nur meine Augen, die diese ganzen Erlebnisse aufsogen und zum Gehirn weiterleiteten, nein, jetzt spielte mein ganzer Körper plötzlich mit. Er war dabei. Ein fließender Übergang.

Jede Sequenz schien nur so vorbeizurasen in diesem Film aus zusammengeworfenen Bildern und hinterließ ihre Spuren.

Ein Abriss eines Lebens, nein, die Idee eines Lebens, eine andere Sichtweise. Ich war noch nicht lange hier, nein, erst seit ein paar Tagen, und doch zeichneten sie sich ab.

Als speicherten sie alles, was ich erlebte, sofort und automatisiert im Hintergrund meiner Wahrnehmung ab. Das war beruhigend und verstörend zugleich.

Denn wie angenehm war diese Trance, waren die Abläufe in dieser verrückten Leichtigkeit, die immer wirr aussahen und am Ende doch irgendwie Sinn ergaben. Vom Bäcker zum Treppenhaus, zum Erdgeschoss, ins Bett und dann vielleicht doch ganz anders, und keiner hatte ein Problem damit.

Und neben mir lag Emma.

Wenn ich einkaufen ging, im Bus saß, routiniert, in den immer selben Bars hockte, die selben Leute sah, immer fror und wieder in die altbekannten Räume auf der Arbeit ging, dann nahm der Geist dies gar nicht mehr auf, es war ja Standardfutter für die immer gleichen Seifenopern des Verstandes.

Aber das hier war ein Kinofilm. Das war neu! Stoffsammlung!

Und wie süß es war, dieses reine Faktensammeln, der unersättliche Input, der einfach hereinprasselte auf meinen Körper und alles andere nichtig erscheinen ließ.

Verdammt, es waren so wenige Tage und so wenige Tage blieben noch. Aber ich war nach wie vor hier, und das musste auch nicht definiert werden. Und mein Körper nahm es auf, wie, wusste ich nicht, er spielte einfach mit und ließ sich nicht dirigieren, wir arbeiteten zusammen, verstanden doch aber nicht unsere jeweiligen Arbeitsbereiche. Ich sah, er spielte, ich dachte, er arbeitete. Er war eine Gattung der Natur – mein Verstand kam durch andere Faktoren hinzu, wir verschmolzen und mussten miteinander auskommen.

Mein Handy hatte ich abgeschaltet. Seltsame Umstände zogen nun einmal ungewöhnliche bis spektakuläre Folgen mit sich.

Dreizehn

»Also, du bist dabei heute, ja klar, wird auch nicht allzu krass, ich mein, der Typ, wie alt mag er sein, sechzig? Der kann eh nicht so schnell und bis er sein scheißteures Handy herausgekramt hat und die Bullen ruft, sind wir schon lange weg.«

Michael schaute mich kaum an, während er sich eine Zigarette drehte und sie sich hinter das linke Ohr schob. Alles keine große Sache also.

Natürlich war ich dabei. Ich saß bereits am Fensterplatz eines Regionalzugs, der uns zu »dem Ort« fahren sollte – mehr Informationen hatte ich nicht bekommen. Wir waren nur zu viert, Ralf, Michael, Emma und ich, und hatten glücklicherweise einen Vierertisch ergattert, an dem wir für uns sitzen konnten.

Der Zug ging plötzlich in die Eisen und wir stoppten.

Eine Mitarbeiterin der Bahn erschien, ihre Gesichtsfarbe näherte sich bereits einem kräftigen bordeauxrot, und teilte uns aufgeregt mit, dass sie »noch nie« in ihrer zehnjährigen Berufserfahrung »etwas unterm Zug liegen« hatte.

Nach genauerem Zuhören wurde mir klar, dass sie mit diesem »etwas« tatsächlich einen Menschen meinte.

»Das hat schon gerappelt, sicher, aber die Kollegen meinen, das merkste sofort, wenn da so einer drunterliegt«, sagte sie jetzt schon zum zweiten Mal in Richtung des Viersitzers neben mir, so als ginge es hier um einen Autounfall mit einem Waschbären, und grinste dabei so unpassend breit, dass ich nicht wegsehen konnte.

Was sollte man sagen, der Alltag machte sie anscheinend härter, da waren wir nicht sehr verschieden. Ich hätte allen Grund haben sollen, dieses Stehenbleiben als Zeichen zu deuten. Als kleinen Wink, am nächsten Bahnhof einfach auszusteigen, alles bleiben zu lassen, denn was würde nach dieser Aktion passieren?

Aber dennoch war da etwas, das meine Hände wieder heiß werden ließ, gerade als der Zug wieder Fahrt aufnahm. Der Rausch, den diese Möglichkeit der Selbstbestimmung in meinem Gemüt entflammte, verzerrte es vielleicht, aber Auszusteigen wäre nicht einmal ein Wegrennen, sondern vielleicht sogar gar nicht abwegig, denn keiner erwartete JETZT etwas von mir. Was danach käme, würde sich zeigen. Mein Handy war weiterhin aus und ich saß neben den anderen im Zug als ein Teil von ihnen.

»Wäre etwas schlimm, dann hätte das schon gerappelt.«

Nichts und keiner wurde auf dieser Fahrt überfahren.

Hier lag keiner unter dem Zug, irgendeiner hatte die Notbremse gezogen.

Recht hatte sie gehabt.

Während eines zwanzigminütigen Aufenthalts an irgendeinem kleinen, aber überraschend gut ausgestatteten Bahnhof, wo wir umsteigen mussten, besorgten

Ralf und Michael Tabak, der war ja wie immer knapp, vorher hatten sie jedoch angekündigt, dass »das dauern würde«, was seltsam war, da der Zeitungsladen samt Kaffeeautomat, samt Bockwurststand, samt Tabakauswahl nur zwei Gleise neben dem unseren zu finden war. Ich hinterfragte nicht, was sie taten, aber es machte mich griesgrämig, dass sie mir ihren Rucksack zum Aufpassen gaben, obwohl er nicht mehr wog als ein Apfel. Was sollte da Wichtiges drin sein?

Als Emma mich auch für »'n Moment alleine lassen« wollte, um sich auch noch irgendetwas zu holen, ich also gefragt wurde, ob es okay wäre, stand ich schließlich allein am Gleis.

Das waren sowieso die unnötigsten Fragen, die es gab. Fragte man ein drittes Glied einer Gruppe, im besten Fall frisch dabei, schweigsam und nicht von autoritär bedrohender Statur oder Aura, ob dies und das »in Ordnung wäre«? Oder auch »Willst du das vielleicht machen?«? Das war so, als hielte man einem Übergewichtigen, aber durchaus diätmotivierten, ein warmes Stück Kuchen vor die Nase und sagte: »Hier, hab ich extra gebacken, musste an dich denken.« Natürlich würde es verspeist, wissend um die Tatsache, dass man danach beschämt mit der eigenen Persönlichkeit zurückbleiben würde.

Das ist der anderen Person dann herzlich egal, denn sie ist raus aus der Affäre.

Ich blieb also zurück auf dem Gleis, mit einem Stück duftenden Kuchens, das diese Gruppe für mich darstellte.

Sie backten hier frisch weiter, Tag für Tag, für sie änderte sich nichts, würde es auch nicht. Es sei denn, jemand bleibe einmal länger nach einer »M-Party« auf dem Boden liegen oder Frau Schmidts verbitterte Langeweile würde nach dem Erblicken der angesprühten Wand zu Rachlust mutieren, um dann vielleicht bei der nächsten richtigen Aktion andere Seiten auffahren zu lassen.

Ich konnte mich entscheiden, dieses Stück zu essen, süß und saftig, um dann in der nachmittäglichen Träge entweder in Selbstkritik zu verfallen oder aber den Genuss eben nicht zu bedauern. Das konnte man nie vorher wissen.

Aber mir wurde auferlegt, zu warten, und da war sie wieder, diese Kälte, langsam erkannte ich ihre Muster des Erscheinens, diesmal kam sie jedoch in besonders fieser Art und Weise, nämlich in Kombination mit einem plötzlich einsetzenden Verlangen nach einer Toilette.

Den Rucksack nahm ich einfach mit und rannte fast, um wieder vor Ort zu sein, wenn die anderen zurückkommen würden, obwohl sie doch versichert hatten, mindestens zwanzig Minuten weg zu sein. Ich wollte nicht schon wieder von irgendetwas überlistet werden und einem Fernverbindungsort gestatten, mein Leben grundlos zu erschweren. Diesmal war ich am Zug. Als ich merkte, dass der Preis dafür, an diesem Bahnhof notgedrungen die sanitären Anlagen zu nutzen, genauso hoch war wie der eines Kaffees und ich kein Geld dabei hatte, drückte sich mir diese Kälte noch tiefer ins Herz und ich musste feststellen, wieder einmal schikaniert worden zu sein. Dieses Mal von einem Bahnhof.

Um wenigstens irgendetwas gegen mein zunehmendes Unwohlsein zu unternehmen, setzte ich mich in ein Schnellrestaurant, nicht weit entfernt von unserem vorherigen Treffpunkt.

Neben mir saß ein Herr, der sich allein in seiner Ecke eine kleine Barrikade aus Saucen baute, die seine nun geschaffene Privatsphäre wirken ließ wie einen durch Sichtschutz getrennten Tisch in irgendwelchen schulischen und vom Land geförderten Bildungsstudien. Dort saß er auch gut und das System funktionierte – er war mit seinem Burger allein und niemand kam auch nur auf die Idee, diese Barrikade zu umgehen.

Keiner außer mir.
Vorsichtig fragte ich ihn, ob ich die kleine Karte, die sorgfältig gefaltet neben seinem Terminplan lag, einmal ansehen dürfe.
Er bejahte dies und er widmete sich wieder seinem Burger.
Nach wenigen Minuten fiel mir auf, dass ich auch gern wissen würde, wie spät es war. Schließlich war mein Handy abgeschaltet und ich wollte die anderen nicht verpassen.
Er antwortete mir, aber nun schnaufte er unwillig und schaute absichtlich stringent auf sein Essen.

Und schon ging es los.
Unwohlsein durchströmte mich, was hatte ich getan?
War ich der typischen Verlockung erlegen, meine Mitbürger miteinzubeziehen?
Ich fühlte mich elend, weil ich nun einer war, der zu diesem Verhaltensspektrum gehörte, das an sich ja völlig normal ist, wenn man nicht egomanisch ist oder von Sozialphobien geplagt wird.
Der Alltag und seine Hürden, die nur häppchenweise als Aufgaben kredenzt werden und vor einem liegen und leicht aufzupicken wären, etwa die Frage nach der

nächsten Bahn, der richtigen Richtung des Weges, der Uhrzeit.

Das ist aber das Problem an den Häppchen, sie machen nicht wirklich satt, zumindest nicht sofort. Verharrte man nach dem Essen für eine Weile, war das langsam einsetzende Hungergefühl zu spüren, so als würden diese Häppchen alleine beseitigt werden, das dauerte aber, und Zeit ist ja auch nicht vorhanden, also greift man beherzt, vom Rausch des Appetits gefangen, zu und entscheidet sich spontan dafür, die völlig fremde Person gegenüber mit einer Extrabeschäftigung zu belegen. Meine Scham darüber mag lächerlich klingen und vielleicht steigerte ich mich auch nur in diesen Gedanken herein, weil der angesprochene Mann bei weiteren Blicken meinerseits noch zwei Ketchup-Päckchen auf seine Barrikade legte und danach mit dem Kopf schüttelte.

Es konnte sich bei meiner Beobachtung natürlich auch um einen Zufall handeln, so etwas war tendenziell möglich.

Ich wollte mich gern weniger hilflos fühlen, deshalb griff ich in meine Jackentasche und schaltete mein Telefon an.

Vierzehn

Nahezu alles war schwarz um mich herum. Nicht einmal der Mond schien. Unter der dickstämmigen Linde war eine Bank, die Platz für vier bot. Darauf nahmen wir Platz, neben uns der Rucksack. Ich hockte an der linken Kante der Bank neben Emma und rieb meinen Arm vorsichtig an ihrem rauen Pullover. Die Kälte durchzog mich seit einer Weile schon nicht mehr, aber dieser Stoff beruhigte mich. Es wurde geschwiegen, bis alle fertig waren, ihre Zigaretten zu drehen, meine klemmte ich mir hinter das Ohr. Ich drehte sie ohnehin nur, um die Zeit für irgendetwas zu nutzen, da ich den Drang verspürte, irgendetwas zu sagen, ich aber jedes Wort sofort wieder verwarf, aus Sorge, es wäre komplett unangebracht, überhaupt über etwas anderes als »diese Aktion« zu reden.

Diese Aktion. Mal wurde sie als fixes Ding dargestellt, das man eben so durchzog, etwas Aufwand sei schon dabei, aber an sich »ne schnelle Sache«. Sie redeten dann darüber, als wären sie gerade kurz davor, einen Schrank aus einem Möbelhaus zusammenzubauen, lediglich die Floskel »viele Hände, schnelles Ende« hätte gefehlt.

Ein anderes Mal sprachen sie wiederum von »schönem Trouble« oder »Denkzetteln« und rieben sich die Hände. Seit dem Auftauchen der mysteriösen Kugeln sprachen sie so, was in Anbetracht dieser Szenerie zwar beunruhigend, aber trotzdem angebracht war. Inzwischen hatten wir vier uns alle die Gesichter schwarz angemalt und uns vermummt. Wir trugen lange schwarze Pullover und ebenso schwarze oder dunkelblaue Hosen. Es war so dunkel, dass ich beinahe nichts sehen konnte, bis der Erste, Ralf, seine Zigarette anzündete und die anderen wie zum Signal ihre Masken abnahmen und in kollektives Grinsen verfielen.

»Also, ist ja eigentlich gar nicht so schwer, haben wir ja besprochen. Zwei klingeln bei dem Typen und bringen ihm die Plakate rein, er wird euch aufschließen. Gehört zu uns, das habe ich klargemacht. Dann zieht ihr das richtig schön durch, ihr wisst schon. Schön langsam. Wir brauchen einen, der das Scheunentor aufhält, zwei, die reinlaufen und richtig Krawall machen, dass die Viecher herausrennen, und einen, der Schmiere steht. Falls der Nachwächter seine Runde früher macht und die Bullen ruft.«

Es folgte eine kurze Pause zum Ziehen an der Zigarette.
Das Seltsame an der ganzen Situation war, dass ich, egal, wo ich auch hinschaute, immerzu von den Blicken Michaels verfolgt wurde, geradezu durchbohrt, und seine Miene blieb starr dabei.

»Frederic!«

Ralf nuschelte, während er einen Filter im Mundwinkel bereithielt.

»Ja?«

»Du und Emma, ihr könnt das mit den Plakaten übernehmen. Wenn ihr im Schlachthof drin seid, klebt ihr die überall hin, so dass die Belegschaft morgen weiß, was Sache ist. Nicht mit uns, pro vegan usw. Dann halte ich das Tor auf und ihr jagt die Tiere raus. Michael, dein Job ist hier draußen.«

Da war sie wieder diese Erhabenheit, mit der er uns Anweisungen gab. Er war jemand, der wusste, was zu tun war.

Emma zog gehorsam einen Stapel selbstgemalter Plakate aus dem Rucksack und ich stand auf und wollte gerade losgehen, als sie unvermittelt ihre Hand auf meine Brust legte.

Ich sah sie an und erkannte: Emma hatte Angst.

»Und wenn sie uns erwischen? Ich meine, bisschen Vandalismus und so, das geht schon klar, aber das hier, wenn wir das Schlachtvieh rausjagen, dafür gibt es wirklich Ärger, wenn uns die Bullen kriegen. Ich meine, ich wollte ja eigentlich schon nochmal … studieren, Kinder kriegen, irgendwie so …«

Ihre Stimme wurde immer höher und hektischer, als wären wir kurz davor, auf einen Abgrund zuzurennen. Das musste der Grund sein, warum sie auch eine Art Führungsrolle besaß, wenn auch eine gänzlich andere als Ralf, da sie genügend Intelligenz besaß, sich selbst, ihr Handeln und auch die Folgen davon einzuschätzen.

Nachdem sie das gesagt hatte, atmete sie demonstrativ aus und schaute zu Ralf, und unter dem allgemeinen Dunkel dieser Nacht konnte ich ein Lächeln erkennen. Es blieb unbeantwortet.

Ralf fuhr sich nur durch sein Haar und schien einen winzigen Moment lang hin- und hergerissen zu sein. Doch dann zog er sich mit einem energischen Ruck wieder die Maske über den Kopf und sagte in einem gekünstelten Tonfall, der eher befremdlich als gefestigt klang, brachte unsicher eine Floskel hervor, die eher in einen Jugendfilm mit klaren Rollenverteilung aus den fünfziger Jahren gepasst hätte, etwas wie: »Quatsch nicht rum, Emma, los geht's!«

Und los ging es.

Jedoch anders als gedacht. Wie üblich.

Während wir geduckt auf das Gebäude des Schlachthofes zuliefen, vibrierte mein Handy. Ich ließ mich ein Stück zurückfallen, die anderen beiden rannten weiter. Warum ich drangte, wusste ich selber nicht. Und wie es geschehen konnte, dass ich den Lautsprecher aktivierte, weiß ich auch nicht.

»Kommissaranwärter Markus Silaw, mein bester Mann!«

Herr Sehmigs Tonfall stand in so krassem Kontrast zur Gesamtsituation, dass ich spürte, wie sich meine Hand fast wie von selbst zur Faust ballte.

Ich brüllte: »Herr Sehmig, sind Sie wahnsinnig, mich jetzt anzurufen?«

»Ganz langsam, Markus, das, was wir haben, reicht aus, Hilfe für Sie ist unterwegs, ein Glück haben diese Dinger ein Ortungssystem, wa? Haha, hatte schon Angst, dass Sie verreckt sind – das wäre ein Papierkram gewesen! Nein, ich mache Spaß. Jedenfalls gute Arbeit, Markus, Herr Silaw, Markus. Das, was wir haben von unserer Abhöraktion, reicht aus. Das Haus ist bereits schon umstellt, schwierig wird's nicht werden, da reinzukommen, diese pazifistischen Hippies werden schon keinen Aufstand machen. Und Sie kriegen wir da auch schon heraus. Aber sichern Sie uns die Plakate!«

»Sie haben das Haus umstellt?«,

Ohne darüber nachzudenken, dass man alles hören konnte, schrie ich weiterhin wie in einer schlechten TV-Kriminalserie, wo das offensichtlich eben Gehörte nochmal laut ausgesprochen werden muss, nur um noch mehr Drama und Probleme zu erzeugen.

»Und was heißt Abhöraktion? Sie haben die ganze Zeit alles mitgehört? Die Planung, die ganze Schlachthofgeschichte und so?«

Ich hörte Herrn Sehmig zufrieden glucksen.

»Alles auf Band. Und wahrscheinlich seid ihr jetzt auch schon auf den Bändern von der Überwachungskamera. Dieser Mitarbeiter, der euch reinlassen sollte, der hat dann doch lieber die Seiten gewechselt.«

Ich legte auf. Und im selben Moment erklang hinter mir eine Stimme.

»Weißt du, ich lese ja gerne autobiographische Geschichten, vor allem von jungen Literaten, oder, Markus, das ist doch was Schönes?«

Michael stand jetzt direkt vor mir.

»Hier habe ich just fünf Seiten aus ›Ich bin ein mieses Spitzelschwein‹, gelesen von Frederic Müller, erschreckend echte Story.«

»Ach, echt?«

Ich konnte mir nicht erklären, warum ich in diesem Moment überhaupt irgendetwas sagte, und noch bevor ich wirklich ausgesprochen hatte, landete Michaels Faust auf meiner Unterlippe.

Ich stöhnte laut vor Schmerzen auf, während mir das Blut über das Kinn lief. Im selben Moment kamen Ralf und Emma angelaufen.

»Michael, was ist in dich gefahren?«

»Frag doch mal das Verräter-Arschloch hier! Los, frag ihn! Frag ihn, warum er gerade den Boden vollblutet.«

Michael geriet so in Rage, dass er noch nachlegen musste, und seine Fuß traf mich direkt in die Magengrube. Ich brach zusammen und röchelte.

»Hör auf!«, schrie Emma verzweifelt,

Ralf riss Michael von mir weg und hielt ihn am Kragen fest.

»Du sagst jetzt, was los ist, sofort!«

Michael riss sich von ihm los.

»Das ist nicht Frederic Müller, das ist ...«, ein Tritt gegen meine Brust,

»Kommissaranwärter«, ein weiterer Tritt in meinen Magen, »Markus«, noch einer, »Silaw!«

Ralf wurde aschfahl. Mit dem einen Arm schob er Emma hinter sich, und bevor ich etwas sagen konnte, holte er mit der anderen aus und traf meine linke Schläfe.

Dann wurde es dunkel, dunkler als das Wasser vor mir, die Masken, dunkler als alles.

Selbstverständlich wurde ich gerettet.

Natürlich hatte das Einsatzteam Ralf, Michael und Emma festgenommen und auch das Haus wurde gestürmt.

Sie wurden alle mitgenommen, dafür reichten die Plakate, die Vermummung, die Mitschnitte sämtlicher Telefonate und die abgehörten Gespräche aus, dazu die nicht unerheblichen Mengen Drogen, die man im Haus fand.

Als ich wieder zu mir kam, saß ich bereits in einem Wagen, der mich zurück in das alt vertraute Umfeld führte. Wo der Rest meiner Sachen war, wusste ich nicht, ich trug immer noch die schwarze Kleidung.

Im weißen Durchgang zwischen Eingangstür und Verhörzimmer, bekam ich noch eine Decke.

»Na, Herr Silaw, da wird sich ja ganz schön was tun, was denkste?«

Ich nickte und gab ihm das Lächeln, das er brauchte, um wieder zu gehen.

Dann nahm ich meine Jacke vom Haken, die immer noch am selben Platz hing, an dem ich sie aufgehängt hatte, bevor ich zu meiner Mission aufgebrochen war, knöpfte sie zu, öffnete die Tür nach draußen und ging zum U-Bahnhof.

www.unsichtbar-verlag.de

Foto: Anton Medrela

DOMINIK STEINER
HIER IST AUCH BALD WOANDERS

Kris ist auf Therapie. Zehn Monate muss er dort absitzen. Am liebsten wäre er die ganze Zeit allein. Das ist aber gar nicht so leicht, bei so vielen Mitpatienten. Bald ist er mitten in zwischenmenschlichen Kollisionen und muss sich fragen, was er wirklich will. In der Klinik und in der Welt da draußen.

„Im Gang brennt Licht. *Immer brennt Licht*, denkt Kris. Als würden die Patienten es mit ihrer überflüssigen Energie anstecken. Kris sieht den Lichtschalter an der Ecke. Er knipst ihn aus. Als er durchs Treppenhaus nach oben geht, sieht er, wie sich der nächste Morgen durch die Fenster zwängt."

Dominik Steiner | Hier ist auch bald woanders
Taschenbuch | 320 S. | 12,90 €
ISBN: 978-3-95791-077-6 | Veröffentlichung: März 2018

UN⊙SICHTBAR VERLAG

„Bernemann hätte jetzt schon das Talent eines Don de Lillo, wollte er dem Leben nicht erstmal noch anständig auf die Fresse hauen."
Phillip Boa

DIRK BERNEMANN
ICH HAB DIE UNSCHULD KOTZEN SEHEN 4

Der Krieg von früher mit den Waffen von heute gegen die Feinde von immer. Der Versuch, in all dem Schrecken Hoffnung zu finden, gleicht zuweilen dem Bestreben, im Auge des Taifuns ein Schaf zu streicheln, um es zu beruhigen. Es gibt keine Ruhe, es gibt keine Sicherheit, nach diesem Buch erst recht nicht.
Teil 4 der Bestsellerreihe, wieder anders, wieder neu und doch gleich.

Diese Ausgabe ist limitiert!

Dirk Bernemann | Ich hab die Unschuld kotzen sehen 4
Hardcover | 128 S. | 14,95 €
ISBN: 978-3-95791-069-1 | Veröffentlichung: Juni 2017

UN👁SICHTBAR VERLAG

WEITERE TITEL AUS DEM PROGRAMM

ISBN: 978-3-95791-059-2

ISBN: 978-3-95791-067-7

ISBN: 978-3-95791-061-5

ISBN: 978-3-95791-054-7

Weitere Buchtitel, Shirts, Poster und Aufkleber findet ihr in unserem Webshop unter www.unsichtbar-verlag.de